大漠鵬城
4
狂沙萬里
蕭瑟——著

目錄

第一章　毒門秘史

孫婷君玉指齊伸，貼在琴弦之上，目光中含著一股奇異的情緒，望著石砥中。

石砥中問道：「這琴曲似是還未終了，小姐你……。」

孫婷君注視著石砥中，想要從他的臉上看出什麼似的。

她嘴唇動了一下，才問道：「公子你剛才所叫的，可是萍萍兩字？」

她一眼瞥見石砥中臉上的為難之色，幽幽地問道：「想必公子你一定很喜歡她了？」

石砥中默然地點了點頭，道：「她是我一生之中最難忘的人……。」

孫婷君淒然一笑，道：「我早就知道你公子這等顯赫聲名，偏又如此豐神朗逸，一定有不少武林閨秀會愛上你的……。」

她語聲一咽，道：「但是春蠶自縛，無可奈何，這也不能怪你。」

石砥中見到孫婷君眼眶裡已隱隱湧現了淚光，他嘆了口氣，輕聲吟道：「曾經滄海難為水，除卻巫山不是雲……。」

孫婷君十指齊勾，琴聲倏然大響，她的身軀微微一顫，兩滴淚水滾落下來……。

她迅捷地舉起衣袖將淚水擦掉，淒然一笑，道：「我為公子祝福！」

石砥中暗暗一嘆，道：「謝謝小姐，在下就此告辭！」

孫婷君站了起來，道：「小妹尚存著一張畫，想請公子你代為題詞……。」

她姍姍行到牆角，將桌上的一張捲起的畫軸拿了過來。

石砥中接過畫，輕輕地將繫著的紅線解開來，攤開只見上面畫著一個身穿白袍、披著紫色披風的少女，坐在一座峭壁之前撫著玉琴。

層疊的峰巒，悠悠的白雲，與那少女的一眉一唇都畫得清楚無比，甚而連一條條衣服上的褶紋，也都清晰地顯現在畫中的衣袍之上。

石砥中心裡驚佩無比，仔細地一看，只見那畫中的少女眉目傳神，栩栩如生，正是孫婷君自己。

他脫口道：「你這是怎麼畫成的？實在太好了！」

孫婷君臉上浮起一絲微笑，道：「我是照著鏡子畫的，尚還不至於有汙尊目吧？」

石砥中讚賞道：「太好了，實在太好了，真想不到你畫藝如此高明，與琴音不相軒輊。」

孫婷君輕輕嘆了口氣，道：「畫得再妙，彈得再好，又有什麼用呢？」她又曼聲說道：「希望公子能代我在上面題一首詞，也好留作紀念，使小妹能經常想念公子的……。」

石砥中猶疑了一下，毅然道：「好吧！我題一首詞。」

孫婷君秀靨一開，欣然道：「我這就跟公子磨墨！」

石砥中將畫放在桌上，道：「讓我來磨墨吧，小姐你……。」

孫婷君顫聲道：「尚請公子能容我替你磨墨。」

石砥中微微一愣，暗嘆道：「唉！天下竟會有如此癡情的少女，只怪你害得她如此的痛苦……。」

他目光凝注在畫中，頓時，耳邊彷彿響起了琴音……。

握著狼毫，他沾了沾墨汁，輕聲吟道：「指上波濤弦裡雨，珠落玉盤無數，不用周郎顧，曲傳綠綺何曾誤。」

他頓了一頓，繼續吟道：「拂羅商徵還角羽，試看青峰如許，疑是薰風度，九嶷鸞鳳齊歌舞。」

剛將「舞」字寫完，他突地臉色微變，毛筆往上一揮，一滴墨汁飛了出去。

「吱！」的一聲輕響，那滴墨汁凝聚似鐵，射在一隻綠毛蜘蛛身上，頓時跌落下來。

孫婷君抬起頭來，望見屋頂上掛著一條晶亮的蛛絲，她皺了皺眉頭，道：「這裡怎麼會有蜘蛛絲？」

石砥中靜靜地聆聽了一下，嘴角浮起一絲奇異的表情。

孫婷君說道：「石公子，有什麼事嗎？」

石砥中搖了搖頭，道：「沒有什麼。」

他飽沾了墨汁，在畫上題了「塞外石砥中」五個字。

突地，他眉尖一聳，道：「你這屋子裡有沒有飼養什麼毒物？」

孫婷君搖了搖頭，詫異地道：「沒有呀！」

石砥中哦了一聲，手腕一揮，在所題的詞前寫了三個字。

孫婷君全身一震，念道：「惜分飛。」

她慌忙側首道：「你要走了？」

石砥中輕喝一聲，手中毛筆一揚，反手急擲而出，左掌一按桌子，身形倒飛而起，穿窗而出。

孫婷君驚詫地叫道：「石公子！」

她只聽「喀吱」一聲，窗櫺齊斷，急轉回頭時，石砥中早已飛出窗外。

她的目光轉處，已驚悸地愣住了。

在地上，一條通體碧綠的小蛇正自蠕蠕掙動。

蛇身的七寸之處，被那枝毛筆如劍釘住，深釘在地板上……。

×　×　×

石砥中飛身穿出窗外，只見一個蒙著面巾的漢子正朝後院飛奔而去。

他大喝道：「你想逃到哪裡去？」

喝聲裡，他振臂揚身，崑崙的「雲龍八式」使將出來，身子頓時有如飛矢流星，一躍六丈。

那蒙面漢子正自飛奔之際，身後風聲颯颯，衣袂破空之聲急響，他心中一驚，腳下趕忙一滑，斜斜翻下高樓，往後院躍去。

石砥中見那蒙面人狡猾無比，竟然斜裡倒竄過去，想要逃過自己的追趕。

他冷哼一聲，忖道：「崑崙輕功能在空中轉折自如，豈能被你這迂迴奔逃之法脫了開去？」

他四肢一蜷一放，迴空繞了一匝，有似殞星流失，急瀉而下。

那蒙面漢子正往樓閣底下竄去時，頭上風聲急嘯，一場冷哼響起。

他心神一震，趕忙側身一看，見石砥中神威凜凜，恍如天神自空而降，猛衝而下。

頓時，他嚇得心膽欲裂，一蹲身倒劈一掌，身形急轉，便待滾下樓去。

石砥中五指疾伸，一把便將那蒙面漢子背心衣衫揪住。

他冷冷喝道：「你還想往哪裡去！」

那漢子背心一緊，只覺像是被五支鋼爪抓住，痛徹心肺，他慘嗥一聲，整個身子已被石砥中舉了起來。

石砥中振臂一掄，左手一揚，指尖劃過蒙面漢子臉上的面巾。

「嗤！」的一聲，面巾破裂飛去，露出一張猥瑣瘦削的臉孔。

石砥中微微一怔，道：「孫克強，是你！」

他臉色微變，忖道：「這傢伙專管本莊伙食，平時做個炊事總管倒也不壞，但是為何今日竟要放毒物來害孫婷君呢？」

他目中神光暴現，沉聲說道：「你快快招出是何人支使你來的？為何要毒害你們小姐？」

孫克強全身顫抖，還沒說話，已經臉色發青，頭上冒出汗來。

石砥中沒想到孫克強會先服了毒藥再來行動的，他吃了一驚，指尖揮處，已將他身上幾處大穴閉住，使毒性不致流經血液快速地攻上心臟。

他怒叱道：「你這個混蛋！是誰叫你做出這種蠢事？」

孫克強滿頭大汗，眼中露出乞憐的目光，顫聲道：「我是被逼的……。」

他慘嗥一聲，嘴角流出鮮血，眼睛裡布滿了鮮紅的血絲，嚅動了兩下嘴唇，續道：「老莊……主，他……。」

石砥中驚詫地道：「他怎麼啦？」

孫克強急喘兩口氣，顫聲道：「毒門南宗……。」

他話聲未了，悶哼一聲便死去了。

石砥中見孫克強臉上肌肉繃得緊緊的，痛苦的表情完全顯現在臉上，他一愕之下，腦海之中掠過一個念頭。

他暗忖道：「莫非毒門南宗在這個莊裡布有奸細，想要製造什麼陰謀？所以用毒藥來控制人的的行動……。」

他思緒一轉，忖道：「而這個孫克強正是被逼在事前服下毒藥，來用蜘蛛和毒蛇害死孫婷君，誰知我正巧到怡碧樓去，所以他一直在等機會，等到我聽琴題字時，他逼不得已，只得將毒物放了，以致被我破去……。」

他目中射出驚駭的神光，繼續忖道：「那麼孫錚也一定危險了，而孫玉陵卻正好趕去……。」

這些念頭在他腦海一閃而過，他放下孫克強的屍體，四下一望，飛身朝湘妃竹林後躍去。

× × ×

他心裡急著孫錚的安危，身形更是迅捷無比，每一個起落都在六丈開外，兩個起落便自竹梢頂上飛躍而過。

一重月亮洞門，被掩在叢叢紫竹之後，那些紫色的竹枝襯托碧綠的竹葉美麗無比。

石砥中毫不停頓，足尖一點石牆，急掠三丈，自紫竹林梢躍過。

他身形如飛，飄行於細軟的竹枝尖端，借著竹枝的一點彈性便飛出數丈之遠，三起三落已躍過那一大片的紫竹林。

眼前現出一座假山，怪石崢嶸，被雪花蓋滿。

石砥中自來到這萬毒山莊，還未到過這裡面，所以倏然見到眼前竟是這麼一座巨大的假山，不由一愣。

他四下一望，只見濃密的竹林將這座假山圍住，旁邊竟然連一間房子也沒有。

顯然，毒門五聖昔日隱居練功之所就是在這個假山裡，毫無問題，這附近必設有消息樞紐之處。

他略一沉吟，卻沒有見到雪面上有什麼痕跡可尋，於是他飄身落在地上。

驀地——

一陣弓弦急響，箭雨急咻，自濃密的竹林裡射了出來。

石砥中在崑崙的風雷洞裡便已練成了夜能視物的功夫，這下一聽弓弦聲響，便悚然一凜，目光閃處，便看見這蓬箭雨的來向。

他清吟一聲，旋身飛起，左手大袖一兜一轉，一股迴旋勁風自袖底升起，將那些射來的箭雨都擊得紛紛墜落地上。

他右手回腕一揚，六支金羽帶著異嘯旋飛射出。

隨著射出的金羽，他身形毫不停滯，躡行於空中，自密密的竹林間隙中穿過，飛撲而去。

「啊！」慘嗥之聲連續響起，那些飛旋的金羽齊都射入濃密的竹林裡。

石砥中身形一躍進竹林，耳邊金風急響，一柄大刀閃起藍汪汪的光芒，斜劈而來。

他冷哼一聲，左手兩指一點而出，右手五指駢合，直擊而下。

擊中。

「噹！」

他兩指正好點在刀刃之上，一聲急響，那柄大刀立刻盪將開去。

隨著這兩指的擊出，他那直劈而下的一式，正好將那躲在竹根後的大漢

「啊！」他慘叫一聲，眉心滴血，倒仰身子跌翻開去。

石砥中雙臂一抖，五指駢合似劍，急速地劈出五式。

身影一橫，掌刃帶起急嘯之聲，劈中隱匿在竹林裡的五個大漢額頭之上。

他們俱都是眉心之中，被石砥中那致命的一擊劃過，一點血痕湧出，便齊都死於非命。

石砥中怒氣勃然，在這陡然之間，又繞著竹林一匝，方始立定身形。

他發覺那十二個大漢齊都是躲在地上挖的洞穴裡，以堆積在竹林裡的枯落的竹葉，將洞口蓋滿，連他自己也沒有看到一點痕跡。

林口幽深陰暗，潮濕的空氣有一股枯葉腐敗的怪味，很是難聞。

他目光如炬，一眼望見，便看那些大漢肌膚黝黑，顯然不是莊裡之人。

石砥中暗忖道：「這些都是毒門南宗弟子，但是他們是怎麼進來的呢？莫非他們都是在我布出『九曲玲瓏陣』前便已埋伏在莊裡？」

他沉吟一下，忖道：「那麼他們一定是要對毒門五聖，或者想對五毒山莊

有所作為而來的。」

正當這時，他聽得莊裡響起了急促的鑼聲，人聲喧嘩，吵雜囂鬧。

他一個飛身，「沙」地一聲輕響，竹葉搖動了一下，便已躍到竹枝頂上。往前莊一望，只見火光燭天，陣陣濃煙隨風飄散開去。

他心中怒火燃燒，恨恨地道：「這些人真該殺，竟然放火燒起房子來了！」

他身形一動，將要躍到前莊去，但是心裡又惦記著孫錚和孫玉陵祖孫的下落。

略一忖思，他便決定先要將孫錚救出，因為他認為前莊鬧成這種樣子，孫錚絕不可能不知道，顯然是已經受到埋伏的毒門南宗弟子的傷害。

他又掠回那座巨大的假山前，隨著那怪絕崢嶸的假山後，繞行了一圈。

「哼！」他劍眉一聳，單掌一按，隨即往上一推。

一陣「軋軋」的輕響傳來，那座假山裂開了一個半人高的石洞。

洞穴幽深，有一條石階直通而下，石砥中單掌貼胸，飄身躍了下去。

一條狹長的甬道曲折地深入地中，石壁陰濕，壁上不少青苔。

石砥中走出一丈多遠，只見眼前突地開朗，一間石室就在甬道盡頭，他毫不猶疑地走了進去。

方一踏進石室，他便聞到一股腥臊之氣，立刻，他閉住了呼吸，緩緩地往四周望去。

一個個的土堆，一堆堆的苔蘚，以及滿牆烏黑的一片，使得他皺起了眉頭。

敢情那爬滿牆上的是一條條黑色的守宮，而擠在土堆裡的則是一條條盤曲成一團的蛇，在苔蘚裡蠕蠕而動的，卻是長有半尺的大蜥蜴。

石砥中暗忖道：「這石室雖說溫暖乾燥，但是也沒聽說蜥蜴和守宮需要冬眠的呀？難道這是毒門五聖用來提煉毒藥用的？」

他滿腹疑雲地行過石室，來到鐵門之處。

驀地——

他耳邊響起一聲狂笑，自鐵門外傳來了說話的聲音。

「嘿！果然這地下室裡有人闖入了！」

他凝聚真氣，手掌貼在鐵門的鎖上，略一用勁，便將鐵鎖生生扭下。

輕輕推開鐵門，他發覺前面一座巨大的石屏風，幾乎將整個鐵門都擋住了。

「嘿嘿！」一聲狂妄的冷笑傳來，接著便聽到孫錚的怒叱之聲。

那個聲音冷澀已極，狂笑一聲後，說道：「現在我再給你最後一個機會，你是如何培煉毒蟲，使之毒性加強，體態變大！」

孫錚怒叱道：「老夫已經答應你，將修煉『五毒功』的法訣告訴你，你卻不依言將玉陵放還，莫非……。」

那人冷笑一聲，道：「我只答應不殺你的孫子，並沒有答應放他走，是你沒有聽清楚。」

孫錚怒喝道：「李文通，怪我瞎了眼，竟然不曉得你是南宗傳人，而把你當心腹樣地看待，誰知你卻早已圖謀老夫研究二十餘年的煉毒經驗，怪不得我的天蠍會被偷。」

石砥中在室外聽得明白，他才曉得為何當日毒門南宗的二老，會將天蠍看得如此貴重。

他暗忖道：「原來毒門南宗之人雖然受到毒門五聖抑制，不能作亂江湖，卻是早就想要圖謀取得他們的煉毒之法，是以才不惜一切地慢慢滲透到莊裡來……。」

他臉上浮起濃濃的殺意，忖道：「怪不得我說那李文通為何要裝成不會武功的樣子，隱匿在莊裡作一個記帳的師爺。」

李文通獰笑一聲，道：「我在莊裡一年以來，已經深深明白莊裡的一切秘密，孫老匹夫，你可知道當初碧眼尊者為何失蹤的？」

孫錚怒叱一聲，道：「這個老夫如何知道？」

李文通冷哼一聲，道：「本門之分為南北兩宗，全是你們這五個老鬼弄的鬼！哼！你以為可以掩盡天下人耳目？」

孫錚大喝道：「李文通，你不要血口噴人！」

李文通冷冷道：「孫老匹夫，你真的要我將事情點穿？」

他厲聲地道：「你們五人當年趁碧眼尊者運功之際，將他暗傷，並以毒物灌進他的嘴裡，想要將他害死。」

石砥中在石屏後聽得清楚，他全身一震，忖道：「真會有這等事？」

孫錚已大喝道：「胡說！李文通，你竟敢如此……。」

李文通大喝道：「住口！」

他陰陰地道：「當日我們祖師碧眼尊者雖然被你們五個畜牲不如的混蛋所害！但是卻能逼開毒性，而逃出你們的掌握。」

石砥中緩緩舉起的手，此刻又放了下來，他默然站在石屏之後，想要聽清楚毒門這段隱秘往事……。

李文通繼續道：「你們雖然認為自己手段毒辣，但是卻依然不能肯定尊者是否會中毒死去，所以一見到石砥中，便以為是師祖的徒兒，而將他延入莊裡。」

孫錚突地狂笑道：「李文通，你少這樣污蔑我們兄弟，當年尊者行走江湖，未見絲毫音訊，我便疑惑是你等……。」

李文通冷哼一聲，道：「你現在又要反咬我一口了，哼！我師父馮貢是師祖最疼愛之徒弟，豈會做出這等昧心之事？」

他一掌拍在腿上，「啪」地一聲，大喝道：「祖師逃出後，掙扎至師父處，將此事經過寫好遺書，交與師父，囑他千萬要報仇。」

石砥中皺眉，忖道：「真個有這等弒師之事，想不到毒門五聖竟……。」

他思緒未了，又聽到孫錚狂笑一聲，道：「你這些話有誰會相信？想那回天劍客石砥中一定會發覺你們所做之事，而趕來此處，那時……。」

李文通怒叱一聲，隨後便聽到孫錚痛苦地呻吟一聲，顯然是受到李文通的毆打。

李文通道：「你弒師還不算，竟然還硬將祖師的女兒姦污了，這等弒師強佔師妹的惡行，還會有人偏護你不成？」

他激動地道：「想我那師姑自幼許配給師父馮貢，後來卻落得如此的結果，怎不痛恨你們入骨？但是他又有心無力。不能替師姑報仇！天幸今日被我闖入此處，將你這老匹夫擒住，替師父報仇，嘿！只可惜其他四個老匹夫運氣好，先向閻王老子報到去了。」

孫錚語音含糊地道：「老夫待你不薄，想不到你竟恩將仇報……。」

李文通狠聲道：「今日你這花費數十年來心血，辛苦建築的莊院，將要毀之一旦，你想不到晚年會遭逢此事吧！」

孫錚默然沉思了一下，長嘆一口氣，道：「唉！老夫就將培煉毒蟲之法告訴你們吧！但是我的孫兒玉陵……。」

李文通道：「你那孫兒刁鑽無比，我們現在不能放還他……。」

孫錚聲氣轉為硬朗道：「那麼你們便不能得到我那培煉毒蟲之法。」

李文通冷笑一聲，道：「我們要將你那寶貝孫子一塊塊肉割了下來，然後再將你孫女兒賣入勾欄之中，任憑萬人踐踏。」

孫錚狂叫一聲，道：「我與你拚了……。」

但是他話沒說完，就趴倒於地。

李文通冷笑一聲，道：「你運功之際，已被我將『誅心釘』釘入脊椎！我非要你眼見你的孫兒慘死……。」

他話聲未了，耳邊卻響起一聲低沉的話語：「閣下這樣也未免太毒辣了吧？」

李文通駭然色變，聞聲立即回過頭來。

石砥中緩緩走了出來，他臉色凝重無比，沉聲道：「想不到毒門一脈自相殘殺，竟然做出這等事來！真是可嘆！」

李文通臉色大變，他右手一揚，三支烏黑的鋼釘咻咻急響，電射而出，朝石砥中激射而來。

石砥中目中掠過一絲寒芒，大袖一揚，三支鋼針立即倒射回去。

孫錚欣喜道：「石公子來得正好！」

石砥中冷眼一掃，只見孫錚臉頰腫起老高，全身坐於地上，顯然是在運功之際受了暗算。

他冷哼一聲，道：「李文通，你好大的膽子！好狠的心！」

李文通避開那倒射的三支鋼針之後，便拔出長劍握在手裡，神色緊張地望向石砥中。

他深吸一口氣，道：「這是我毒門之事，不須外人干涉……。」

石砥中嘴角掠過一絲冷笑，道：「我就看不慣那等暗算別人的小人，這件事我管定了！」

李文通知道石砥中既能闖進這地下室裡，外面埋伏的毒門弟子，一定是凶多吉少。

他長劍一伸，架在孫錚頸上，狠聲道：「你若是再上前一步，我便將他殺死！」

石砥中不屑地道：「他的生死與我毫不相干，我豈會受你威脅？」

他突地大喝一聲，身形起處，一足橫空踢出，有如電掣星飛，迅捷無比。

「啊！」李文通痛苦地哼了一聲，手中長劍頓時脫手飛出，整個身子跌出四尺之外。

石砥中將孫錚挾起，左手一伸，已將孫錚背上鐫著的二支鋼針拔出。

他沉聲道：「趕快運氣行功！」

李文通大喝道：「石砥中，你看看這是什麼？」

石砥中抬頭一看，只見孫玉陵緊閉雙眼，被李文通挾持於手中。

李文通狠聲道：「我再次警告你，你若不插手此事，我便不會將他殺死，否則的話……。」

石砥中眼中射出凶殘的目光，道：「想不到你竟會是如此卑鄙的小人，本來我想要饒你一命，現在卻不可能了……。」

他話聲未了，金光突現，一支金羽悄無聲息地急射而去。

他身形一動，振臂駢掌，「嘿！」的一聲急揮而出！

「啊！」

李文通右手「臂儒穴」中了金羽，還未及閃開，眉心已被石砥中發出的一掌劈中，慘叫一聲便栽倒地上。

石砥中猿臂一伸，將孫玉陵接住，他憐惜地望了一眼，道：「可憐的孩子！」

他將孫玉陵放在孫錚面前，道：「我是看在令孫面上，救了你這一遭，你也不需謝我，不過，我希望你能將那煉毒之法毀去，不致流傳於世。」

孫錚抬起頭來，眼中含著淚水，道：「老夫一定遵囑……。」

石砥中低聲嘆了口氣，道：「我也要走了，我要到西藏去。」

他身形移處，消失在甬道的盡頭。

孫錚望著那消逝的人影，良久，方始喃喃道：「他真是一個俠膽英雄，願上天祝福他！」

第二章　白塔大師

西藏，這位於世界屋脊上的土地，蘊藏著無數神秘，由於地理上的隔絕，自亙古以來即與中原少有來往。

初春，岡底斯山上還是冰雪封山，藏南深谷的積雪卻已漸漸融化。潮濕泥濘的土地上，滿布車轍的痕跡，一條條的、雜亂地向著拉薩城而去。

拉薩是前藏的首邑，四面雪山環繞，中間一片平原，拉薩河即從這個平原上緩緩流過，灌入雅魯藏布江裡。

藏土高原的春天來得比較晚，拉薩河還是凍結的，厚厚的冰河上，牛車緩緩地走過……。

拉薩在拉薩河北岸，是前藏的政教中心，布達拉宮即位於此，是達賴喇嘛居住的地方。

將近黃昏，天空一片絢麗的彩霞，陣陣炊煙嫋嫋散在空中……。拉薩城的燈火亮了，這西藏惟一的城市，在晚霞下顯得更美了。蒼穹裡亮起了第一顆寒星，閃爍的星星帶來的是夜神薄薄的輕紗。夜幕張起，一彎銀月升起，淡淡的月華灑出，大地一片朦朧，自藏南縱谷裡飛來的輕霧，將拉薩城全都罩住了。

拉薩河的冰層上，已經看不見那高篷的牛車，這時，一匹高大的血紅快馬飛馳而過。

石砥中兩眼炯炯發光，他迎著吹來的寒風，深深地吸了口氣，然後拍了拍馬背，自言自語地道：「拉薩終於到了！」

馬蹄敲在冰上，發出一聲聲清脆的音響，有似夜空裡響起的鈴聲……。

「噹！」一聲宏亮而深沉的鐘聲，自布達拉宮傳來，鐘聲飛越空中，迴盪不已。

石砥中吆喝一聲，紅馬迎風展蹄，飛馳而去，恍如天馬凌空一般，躡虛蹈風，消失在茫茫的夜色裡。

布達拉宮高聳的寺院，依著山坡建築，宏偉壯麗，高有十三層之多。飛簷斜伸入空，淡淡的月色灑下，寬敞的石階下，有很多肅立的喇嘛。

重重寺院，重重石階，有川流不息的喇嘛低垂雙眉，合掌行過。

鐘聲停歇了一下，又響了起來，「噹」的一聲後，又接著一聲……。

渾厚而深沉的鐘聲，彷彿蘊含著無比的哀傷，但是卻又有著輕微的喜悅，真使人不瞭解為何竟會是如此？

鐘聲不停地響著，隨著夜風傳了開去，震盪在夜空裡……。

鐘聲未歇，一條人影閃現在牆頭之上，接著，另一條人影也閃現出來。

他們探首窺視著院子裡的喇嘛，好一會，他們飛快地縮回頭去，躍落牆下。

淡淡的月光下，那兩條影子閃了開去，躍出三丈餘，躲在山坡邊的一塊大石後的陰影下。

一陣衣袂破空之聲傳來，兩個身穿紅袍的喇嘛躍上牆頭。

他們四下觀望了一陣，說了幾句藏語，便又躍回寺院之中。

這時，那躲在大石後的兩個人緩緩地探首出來。

皎潔的月華照射在他們身上，可看清他們身穿玄色緊身的夜行衣，頭紮黑巾，背插長劍。

那左首一個人輕聲地問道：「娘！這廟裡好森嚴呀！我們來了三天都沒能進去，看來今晚也沒有辦法！」

這時，那右首的人側過臉來，道：「婉兒！再等等看，待會兒可能有機會的……。」

她抬頭望了望天空，接道：「等這陣黑雲過來，遮住了月亮之後，我們便可偷偷進去，否則的話，我們非要硬闖不可了！」

月光下，上官夫人雙眼注視著布達拉宮，自眼眸中射出毅然的目光。

上官婉兒輕聲道：「娘！這兒的食物好難下嚥，還要用手抓著吃，我真想早點回中原去。」

上官夫人憐愛地輕撫著上官婉兒的肩膀，說道：「今晚只要能進到寺裡，能夠找到藏經樓，為娘的便可以得到那大漠裡鵬城之秘的解答，那麼，明天我們便可回中原去。」

上官婉兒睜大眼睛，道：「娘！我一直不曉得，為什麼您一定要得到那個尚在未知中的什麼鵬城之秘？」

上官夫人眉梢一挑，道：「惟有得到那鵬城裡的寶物及秘笈，為娘的才能成為天下第一高手，那時讓天下武林人物都曉得我以一個女流之輩到底也能領袖江湖。」

上官婉兒暗忖道：「娘都快五十歲的人了，為什麼還要做什麼天下第一高手。」

上官夫人目中顯現出一股強烈的欲望，她似是沉湎在幻想之中，繼續低聲說道：「我要使什麼二帝三君都敗在我的手下，做我的奴隸。」

上官婉兒推了推她的母親，輕聲道：「娘！您為什麼要這麼想呢？」

上官夫人眼中鋒芒畢露，她一聽上官婉兒的話，驀然低下頭來，凝視著女兒。

上官婉兒畏懼地低下頭，不敢正視她母親眼裡那種逼人的目光。

上官夫人眼中鋒芒緩緩斂去，她輕聲道：「婉兒，你瘦了！」

她輕輕托起上官婉兒的臉，憐惜地道：「你是不是在想石砥中那小子？」

上官婉兒幽怨地道：「娘！你別問了，好嗎？」

上官夫人恨聲地道：「石砥中那小子真可恨，不知什麼時候竟成了毒門的掌門人，我看他簡直是毒迷心竅了，連我們都不記得了。」

上官婉兒心頭一痛，好似被針刺了一下，她幽幽地嘆了口氣，側過頭去，暗暗彈去了縈繞在眼角的兩顆淚珠。

她輕聲地道：「我一點都不怪他。」

上官夫人冷哼一聲，道：「我不會放過他的！」

上官婉兒叫道：「娘！你還沒告訴我，為何想要成為天下第一高手，要使得二帝三君都做你的奴隸？」

上官夫人眉尖一軒，道：「因為我恨他們！」

「恨他們！」上官婉兒詫異地睜大眼睛，問道：「為什麼呢？」

上官夫人道：「因為他們逼得你爹拋棄我，去做和尚！」

上官婉兒秀眉一皺，道：「又有誰逼爹去做和尚？」

上官夫人冷哼一聲，道：「我曉得他是不滿我的權力欲望太高，但是他卻一直不願替我爭氣，不肯苦練劍術，成為天下第一劍手。」

上官婉兒這才曉得當初父親上官夢痛苦地出家為僧的原因，她默然低下頭來，心裡不知道是什麼滋味……。

上官夫人似是回想起往事，她緩緩地自言自語地道：「當年他與柴倫兩人一起，俱為武林後起之秀，但是柴倫因為鑽研琴藝與陣法之學，所以劍法較上官夢為差，但我卻屬意於柴倫，因為他是嶺南世族……。」

上官婉兒不知自己母親為何在這時會有如此深的感觸，竟然將年輕時的往事通通說了出來。

她嘴唇嚅動了兩下，想要說些什麼，卻又沒有說出來，只是睜大眼睛，凝望著她的母親。

上官夫人喃喃地道：「誰知柴倫遇見一個來自關外的牧人，學得馴馬之術，並且得到西域大宛生的寶駒『汗血寶馬』，終日都是與馬為伍，便把我冷落在一邊。」

她眼中掠過一絲怨恨的目光，恨恨地道：「這還不算，後來他又得到了前代琴仙遺下的『天香寶琴』，從此幾乎不見人影，所以我一氣之下，就嫁給了上官夢。」

上官婉兒睜大雙眼，愕然望著上官夫人，暗忖道：「原來娘是因為賭氣才嫁給爹爹的，唉！可憐的爹爹。」

她緩緩閉上眼睛，腦海中浮起了石砥中的影子，但是隨即她又想到那依偎在他身邊的羅盈來，頓時，石砥中那冷漠的表情使得她心弦一顫，自心底泛起了痛苦而酸澀的味道來。

她暗自喊道：「石哥哥！」

這些日子來的無盡相思與路途奔波，使得她的感情變得脆弱無比，一想到石砥中，她的心頭一陣難過，幾乎哭了出來。

上官夫人可沒注意到她女兒的表情，她仍自輕聲地說道：「誰知以後柴倫竟然在遍覽古書的情形下，學會了劍道中的絕技，成為名震天下的七絕神君……。」

她恨恨地道：「最可恨的是你爹卻絲毫不知長進，還是老樣子，我就氣他一點都不聽我的話，連海南劍派竺化那破毛劍都打不贏，所以經常與他吵鬧……。」

她一掌拍在大石之上，恨聲道：「後來他竟然敢拋下我，出家去當和尚了！」

上官婉兒一驚，被破裂的石屑濺得滿頭都是，她一拉上官夫人的衣袂，道：「娘！您怎麼啦？」

上官夫人也是悚然一驚，才自沉思中驚醒了過來。

她苦笑一下，放低聲音道：「我是在氣你爹竟然做出這種事來！」

上官婉兒道：「那麼，後來柴伯伯又為什麼要發誓殺盡天下的和尚呢？」

上官夫人輕嘆道：「他是怪你爹不該拋下我去當和尚，所以逼你爹還俗，卻被你爹躲開，以致於憤極殺死不少五臺、少林、峨嵋的和尚……。」

上官婉兒眼中掠過一絲極其難言的情緒，她輕聲道：「娘！只有他才是最愛你的，唉！若是石哥哥能夠這樣，叫我為他死，我也甘心呀！」

上官夫人聽她女兒說得如此大膽，臉上掠過一絲淡淡的紅暈，隨即又聽到上官婉兒那樣淒惋地嘆息著石砥中的薄情，她冷哼了一聲，道：「等我得到這鵬城之秘後，我會叫他叩著頭來求我，要我將女兒許配給他。」

她眼前一黯，突地看到一大塊烏雲將月光遮住，立刻，她一拉上官婉兒，道：「婉兒，我們去吧！」

上官婉兒身形一動，立即又退了回來，她輕聲道：「娘，你看！」

上官夫人循著上官婉兒伸出的手指望去，只見布達拉宮的屋頂上，一條魁梧的人影飛掠而來，快速無比，轉眼的功夫，便已躍上高牆之上。

她心裡一凜，忖道：「想不到藏土邊陲也有輕功如此高明之人！」

那條人影現身在牆上，隨即兩條人影一閃，又有兩個喇嘛躍上牆來。

他們見到這人，都恭敬地躬身為禮，說了兩句藏語。

那條魁梧的人影嗯了一聲，揮了揮手，也說了兩句藏語。

立時，那兩個喇嘛退了下去。

上官夫人運聚眼力，也只能看到那魁梧的人影頭頂光亮，身穿暗紅色的大袍。

她湊在上官婉兒耳邊說道：「這也是一個喇嘛，可能是寺裡的高僧，你不要動，小心他會發覺我們！」

上官婉兒點了點頭，默然沒有作聲。

那身形魁梧的大喇嘛，四下望了一下，輕輕地拍了拍手掌。

倏地，自另外一邊牆角之下，三條人影閃現而出，紛紛躍上牆頭。

一個冷澀的聲音道：「大師，情況如何？」

他說的是一口京片子，使得上官夫人悚然一驚，暗忖道：「這人是誰？難道也是來自中原的，怎麼聲音很熟？」

上官婉兒秀眉一皺，拉了拉她母親的衣袂，湊在上官夫人耳邊輕聲道：「娘！那是大內侍衛中屠雷。」

「哦！」上官夫人暗忖道：「怪不得我怎麼覺得聲音好熟，原來是中屠雷，但是他又為什麼到拉薩來呢？」

就在她思忖之際，那個身形魁梧的高大喇嘛道：「達賴活佛重病，宮裡都在等著他選定繼任的教主，所以藏經樓封閉未開。」

中屠雷哦了一聲，道：「那麼，大師可知這藏經樓裡確實藏有關於大漠鵬城裡的記載文字？」

上官夫人一震，驚忖道：「怎麼中屠雷也是為這鵬城之秘而來？那麼這個身形高大的喇嘛，可能就是受大內供奉的白塔大師了。」

白塔大師道：「家師兄庫軍大師正與本寺三大長老隨侍達賴活佛榻前，如果沒有他的令諭，是不能開啟藏經樓的，而明日老衲也要回色拉寺去……。」

中屠雷道：「那麼請問大師，藏經樓是在第幾重？」

白塔大師一揮手，道：「藏經樓森嚴無比，內有書庫，鐵門重重，就算告訴你們，也不能闖入，所以你們還是回館裡去，等候我的消息吧！」

中屠雷應了一聲，道：「既是如此，在下便回館裡等候大師的消息了，不過皇上的意思是……。」

白塔大師沉聲道：「這個老衲知道，至於說幽靈宮所託之事，老衲也會遵囑辦理！」

那站於申屠雷身邊的鄭風躬身道：「謝謝大師！」

申屠雷道：「大師，在下就趕回館裡。」

他身形一動，剛要走開之際，白塔大師突地叫道：「申屠侍衛長，你們跟隨我來吧！」

申屠雷愕道：「大師，這……。」

白塔大師道：「老衲有事要託你們。」

說著，他飄身躍下牆去。

申屠雷望了望其他兩人，說道：「去！」

三條人影一閃，齊都消失在高牆之後。

上官夫人吁了一口氣，道：「沒想到達賴活佛病重了，怪不得宮裡面這麼森嚴，只不知申屠雷他們……。」

她沉了一下，道：「怎麼西門熊又與大內勾結上了？」

上官婉兒道：「娘！我們還是回去算了，別太冒險啦！」

上官夫人瞥了上官婉兒一眼，道：「婉兒，你先回到拉薩城客棧等我，我非冒險到宮裡去一趟不可，免得你遭到危險！」

上官婉兒搖搖頭，道：「不！我也跟你去一趟，娘，我不放心你一人去！」

上官夫人微微一笑道：「婉兒，你真是個傻孩子，為娘的這幾年苦練劍術，相信不會被留在宮裡不能出來的，但是你……。」

上官婉兒道：「娘，我非要跟你進去不可，您不必管我。」

上官夫人一揮手，道：「好吧，你一定要聽我的話，我叫你逃，你就要逃，千萬別成了我的累贅。」

她站了起來，四下一望，隨即振臂飛身，朝那高牆撲去。

× × ×

兩道人影在黑暗裡閃過，一個起落便躍上牆頭。

上官夫人略一觀望，雙掌輕按牆頭，飄身落下寺院裡，貼在牆角邊。

宮裡燈火已經熄滅不少，但是石階之前，仍然有兩個喇嘛肅立在那兒。

隱隱約約的，自宮裡傳來了梵唄之聲，隨著晚風，一陣有一陣無地傳進了上官夫人耳裡。

她緊了緊袖裡的小弩，左右望了一下，只見這布達拉宮占地不小，左右全是大塊的青石鋪成，靠近右邊有一排排掉落葉子的老樹，正自被寒風吹得搖曳不定，發出輕輕的聲響。

她回頭看了看上官婉兒，朝右邊指了指，然後急掠而過，撲到那一排老樹邊。

上官婉兒藉著淡淡的微光，望見那高聳的寺廟，有如一隻巨大無比的野獸蹲伏在黑夜裡，恐怖嚇人。

抬頭一望，連屋頂都看不見，只看到一些隱隱的輪廓聳峙在夜空裡……。她心裡泛起一絲涼意，不自禁地沿著牆根，朝右邊老樹躍去。

上官婉兒雖說跟隨她母親遊歷江湖，經歷過不少地方，但是在這等神秘的寺院裡，心裡還是有點害怕，她見到那兩個喇嘛向這邊一望，身形趕忙一蹲。

夜風將她紮頭的手巾掀起，隨著急速蹲下之勢，在牆上擦了一下。

「嗤！」的一聲輕響，那兩個喇嘛已飛身躍將過來。

上官婉兒心頭怦然一跳，一揚右手，便待發出短箭。

那兩個喇嘛步履輕快無比，自五丈之外，兩個起落便飛身躍上那高約丈許的圍牆上。

他們右手握著彎刀，站在牆頭之上，朝四面張望了一下，又各向兩邊走了幾步。

上官婉兒正好蹲在牆根底下，陣陣的夜風吹過她的身邊……。

那站在牆頭上的喇嘛正要躍回石階，倏地聞到一股芬芳的香味。

他愕了一下，聳起鼻子連嗅兩下。

夜風將他的紅袍吹起，他眉頭一皺，叫了一聲，招呼另外一個喇嘛躍下牆頭。

上官婉兒正自忐忑之際，卻見到那兩個喇嘛躍了下來，她手指一扣暗簧，便待將短箭發出。

那兩個喇嘛一躍下地，便聞到那股淡淡的芬芳氣息較剛才為濃。

他們略一張望，便看到上官婉兒蹲靠在牆邊。

那右首的喇嘛一舉彎刀，喝了一聲，急劈而下。

上官婉兒一揚手，「嗤！」的一響，四支短箭激射而出。

刀光一閃，渾厚的勁道一變，輕靈無比地泛起一層刀幕。

連接「叮叮叮叮」四聲，那四支短箭被兩把彎刀擊落於地。

那兩個喇嘛冷哼了一聲，毫不留情地劈下。

就在這一剎那，兩支短箭急速地射來。

那兩個喇嘛哼都沒有哼叫一聲，兩支短箭自身後穿過他們的頸項，刺穿咽喉，倒地死去。

上官婉兒也正好長劍一挑，劍尖跳動之間，刺進這兩個喇嘛胸中。

她雙手一伸，扶住這兩具屍體，輕輕擺在地上，身形急閃間，已躍出兩丈，竄進那排樹林裡。

上官夫人伸手一拉，輕聲道：「婉兒，你怎麼可以如此粗心大意？現在千萬要小心……。」

上官婉兒毫無理由可說，默然點了點頭。

上官夫人抬頭一看，也分不清現在是初更還是二更，她指著前面一層高樓，輕聲道：「那間樓房跟寺廟分開，我們去看看，你待在這裡，可別再發出聲響了！」

她深吸一口氣，腳尖一點，飛掠而起，兩個起落便躍進那座獨立的高樓。

她只見三樓之上，昏黃的燈光自窗扉映了出來，裡面隱隱有說話之聲傳出。忖思了一下，她咬了咬嘴唇，拔空而起，左手一按欄杆，便躍進迴廊之中。

屋裡傳來申屠雷的聲音：「大師的意思，是要將達賴殺死，然後假託是活佛遺言，指定庫軍大師之徒為下代活佛？」

白塔大師沉聲道：「不錯，金巴師侄聰穎無比，他若當了活佛，對於皇上與我們都是有利的，你們只要將本寺三位長老誘出寺外來，家師兄便可以趁此機會完成此事。」

鄭風陰陰一笑，道：「這事在下非常贊成，不過，大師你可以問一問馮兄贊成與否？他為毒門南宗掌門，只要一份毒藥，便可使達賴死於非命！」

白塔大師輕咳了一聲，道：「請問馮大掌門意下如何？如果有劇烈毒藥，則這件事情更易於解決。」

上官夫人聽得心裡一驚，她伸出舌尖，在紙窗上輕輕一舔，弄破了一個小洞，往裡面望去。

屋子裡面是一間寬敞的廳房，一張長方形的桌子擺在大廳中央，四個人分坐在桌子兩旁。

這時，那坐在下首的一個臉色黝黑、留著兩撇小鬍子的瘦削中年漢子，略微沉吟一下，道：「在下雖然隱於華山之北，但是對於江湖之事卻仍然關心無比，這次與申屠雷來藏土高原，就是要為大師效力的，只要大師吩咐一聲，在下馮翎必定效命。」

白塔大師摸了摸光禿禿的腦袋，道：「既然如此，那麼等會兒……。」

他話聲突地一頓，倏然側首，向窗口望來，兩道精亮的神光暴射而出。

上官夫人正自向室內窺探之際，突地望見白塔大師雙眼凝視著自己。

她心頭一震，正待閃了開去。

白塔大師兩道灰眉一聳，大袖一揚，沉聲喝道：「往哪裡跑！」

一面月牙形的飛鈸自他袖底飛出，削斷擺在桌上的兩根蠟燭，向窗外射來。

燭光一滅，他雙掌一按長桌，整個身子連著那張坐椅，原來的姿勢一點都不變，飛將過來。

上官夫人眼見一道黃色的光芒一閃，燭光頓時熄滅，她身形一蹲，一個旋身，躍出樓外。

勁風急嘯，那面大銅鈸穿窗而出，削過她的頭皮，頓時將她包紮著的頭巾削去，頭髮披散開來。

頭上一涼，上官夫人嚇得心神一跳，未及仔細思考，身形就往地上落去。

「喀吱」一聲，整個窗櫺裂開來，白塔大師連人帶椅飛射而出。

這時那原先掩住月亮的濃雲已經移開，淡淡的月華如霜灑落地上。

白塔大師喝道：「往哪裡去！」

上官夫人腳方著地，頭上勁風急驟響起。

她抬頭一望，已見到那張木椅當頭壓將下來，有似大山傾倒，沉重無比。

她腳下一移，身形一側，「鏘！」的一聲，長劍已經拔出，一道閃光接近，劍刃發出一聲怪響。

「噗！」劍刃劃過空中，頓時將那張木椅劈為兩半。

自椅上傳來的勁道，使得上官夫人手腕一顫，身形一陣晃動，長劍幾乎飛去。

她心頭一驚，忖道：「怎麼這喇嘛功力如此之深，較之柴倫也都毫不遜色。」

這個意念有似電光一閃而過腦際，她身子一晃，眼前紅影飄拂，勁風旋激幾乎使人窒息。

申屠雷大喝道：「上官夫人，你是死定了！」喝聲裡，他揮動著那僅餘的右臂，一道光影閃出，金環挾著尖嘯，劈將過去。

上官夫人身形迅捷地閃開，劍尖一挑，「叮！」的一聲，點在申屠雷金環之上。

鄭風悶不哼聲，右手抱拳，直搗而出。

空中隱隱響起悶雷之聲，洶湧的拳勁如海潮奔出，撞擊過去。

他們都是存心要在數招之內將上官夫人殺死，所以群起而攻，一點都不容上官夫人喘口氣。

上官夫人頭髮披散，她悶哼一聲，回劍自保，在身外布起一層劍圈。

「噗！」鄭風那式「五雷訣印」，重重地撞擊在上官夫人的劍幕之上。

上官夫人足下一退，滑步移身，一劍犀利地削出，詭絕奇妙地穿過鄭風右側，削向申屠雷而去。

申屠雷左臂被石砥中削斷，身體不能均衡，手中金環被上官夫人劍尖點中，頓時便盪開去了，腳下也是一閃。

這時上官夫人沒等他站穩，又是一劍削出，正好截住他側身之勢。

劍式詭奇滑溜劃來，他心裡一慌，急忙閃開。

但是劍光閃爍如電，毫不留情地自他脅下削過。

「啊——」他慘叫一聲，一股血液自右脅濺出，頓時便倒在地上。

白塔大師怒吼一聲，跨步移身一掌拍出。

他這一式乃是密宗的「大手印」奇功，巨掌一拍，「啪！」的一聲，上官夫人長劍頓時折斷為二。

她身影一傾，虎口一麻，長劍脫手掉落地上。

正當這時，上官婉兒叫了一聲，仗劍撲了上來，上官夫人眼角瞥處，已見到她的女兒焦急的樣子，她忙道：「婉兒，快走——」

白塔大師喝道：「咄！吃我一指！」

他灰眉輕聳，左手食指緩緩虛空一點。

上官夫人身形一閃，卻未能避開白塔大師詭異的一指，她身子一陣顫抖，萎然倒地……。

鄭風冷笑一聲，那左手隱而不發的第二道「五雷訣印」擊出，往奔將過來的上官婉兒揮去！

射，急速削下。

夜空之中，一道閃光有如電光疾閃，眨眼射到鄭風身前。

鄭風被那聲暴喝一驚，抬起頭來便看到石砥中仗劍飛身。

霎時，他心神飛散，驚呼道：「石砥中——」

石砥中怒目瞪視，劍刃斜引，回空急跨兩步，有似天馬行空，劍上光華暴射，急速削下。

鄭風一拳搗出，寒颯颯的冷電已經射到。

他沉身吐氣，「嘿！」的一聲，硬生生地將擊出的拳勁收回，向前跨了一步，右拳一引，向自空飛掠而來的攻去。

「嗤——」劍氣尖銳地一響，劃破那洶洶的拳勢，毫不停滯地削入。

「呃——」劍刃劃處，鄭風一條右臂整個被削斷。

血水紛飛，他慘叫一聲，跌翻開去。

第三章　紅花毒指

石砥中仗劍挺身，神威凜然，使得白塔大師身形一頓，驚愕地望著他。

他在驚駭這年輕的劍道好手，竟然在一式之下，便將幽靈大帝嫡傳弟子殺傷，這種功夫真的可說是超過他的想像之外，一時之間，他怔怔地站立凝神。

石砥中眼光掠處，已瞥見上官夫人倒仆地上，而上官婉兒睜大眼睛、滿臉驚悸地凝視著他。

他問道：「你們怎會來到這裡？」

上官婉兒嘴唇嚅動兩下，叫道：「石哥哥！」

石砥中吸了口涼氣，道：「你還不去看看你娘！」

上官婉兒這才想到自己母親被白塔大師一指擊倒。

她驚惶地撲在上官夫人的身上，哭道：「娘啊！」

上官夫人臉色蒼白，全身顫抖，她喘著氣，道：「婉兒，你快跑！為娘的恐怕不行了。」

上官婉兒珠淚泉湧，叫道：「娘，石哥哥來了！」

「啊，是石砥中來了！」上官夫人痛苦地倒轉過頭來，望著石砥中，顫聲叫道：「石賢侄……。」

石砥中慌忙地走了過來，躬身叫道：「上官夫人，你……。」

上官夫人搖搖頭道：「賢侄，我不行了！」

她喘了兩口氣，自嘴角湧出一口血水。

石砥中兩眼射出駭人的神光，方待挺身而起，卻見上官夫人伸出手來，將他拉住。

她顫聲道：「石賢侄，我心脈被那大喇嘛擊傷，已經無藥可救了。」

石砥中想起在崑崙之巔，自己與七絕神君柴倫較技之時，曾見到風姿綽約的上官婉兒與雍容華貴的上官夫人闖入玉虛宮裡的情形……。

他想到當日柴倫對上官夫人那種依依難捨、深厚情意的表情，頓時之間，心裡泛起一股苦澀……。

他沉聲道：「在下一定要使夫人你痊癒……。」

白塔大師冷哼一聲，道：「她中了我藏土絕技『紅花指』。已無法可救！」

石砥中倏然側首，目中冷電暴射，寒聲道：「若是她無法可救，我也要你償命！」

白塔大師灰眉一挑，怒道：「無知小子！膽敢如此狂妄，本大師不殺無名之人，報上名來！」

石砥中猛然站了起來，劍尖一點，三寸爍爍的鋒芒倏然暴射而出。他沉聲道：「在下石砥中！」

白塔大師微微一驚，道：「石砥中！你是回天劍客？」

石砥中冷哼一聲，道：「回天劍客，力能回天！在下便是回天劍客石砥中！」

白塔大師喝叱道：「好個狂妄的小子，你在中原可以橫行，來我藏土，就不能如此霸道了！」

石砥中冷冷地道：「今日若是不能將上官夫人救活，我便要將你這布達拉宮一起燒了！」

白塔大師臉色一變，跨步移身，喝道：「吃我一掌！」

石砥中劍刃一豎，左掌倏地一立，袖袍自底下飛捲而上，一股柔和的勁道拂出。

「砰！」

一聲暴響，石砥中身形微微一晃，退後了一步。

白塔大師全身紅色的袈裟飛起，身形搖晃了一下，也退後了一步。

石砥中冷哼一聲，道：「藏土密宗『大手印』也不見得有何高明之處！」

白塔大師臉上掠過驚訝的神色，他脫口呼道：「般若真氣！」

他深吸口氣，道：「你是崑崙派的？」

石砥中冷漠地道：「你別問我是崑崙還是天山，總之今日不與你甘休！」

白塔大師一愣，氣得渾身一顫，他狂笑道：「好！老衲拚了這條老命也要與你周旋到底！」

石砥中挺劍凝神，全身氣息繞體運行，將全部精神都貫注在劍身之上。

上官婉兒驀地叫道：「石哥哥！」

石砥中悚然側身，只見上官婉兒乞憐地望著自己，他驚道：「什麼事？」

上官婉兒顫聲道：「娘，她……。」

石砥中望了白塔大師一眼，趕忙躍了過去，他蹲下身來，輕聲問道：「夫人，你怎麼……。」

上官夫人全身肌膚泛起一層紅色，她臉上的肌肉痛苦地抽搐著，將整個臉形都扭曲了。

她望著石砥中，自眼中擠出兩滴清淚，氣息薄弱地道：「賢侄，你遇見柴倫，告訴他，說我很對不起他……。」

石砥中默然點了點頭，他也幾乎忍不住要掉下淚來。

上官夫人喃喃地道：「他說得很對，一個人權力欲望太大，是不應該的，我知道錯了……。」

她掙扎地道：「你告訴他，說我向他認錯了！」

石砥中一咬牙道：「在下必替夫人報此仇恨！」

上官夫人搖搖頭，道：「你不要替我報仇，你千萬要照顧婉兒，她太可憐了。」

上官婉兒淒惋地叫道：「娘啊，你不要拋下我。」

上官夫人臉上綻起一絲苦笑，歉疚地道：「婉兒，是為娘不好，讓你跟我到這裡來受苦。」

她咳了一聲，道：「從今天起，你要好好地跟著石公子，不要像我一樣，剛愎自用。」

石砥中心中突地一動，他陡然回首，喝道：「你這『紅花指』可是有毒？」

白塔大師一直觀望著這情景，他雖然心裡含有凶殺之意，但是對於這種淒慘的情形，倒也是初見。

身為佛門弟子，他總有一絲惻隱之心，這時，他心裡也泛起了一種歉疚之情，所以他一直沒有去擾及上官夫人母女的死別……。

石砥中的問話使得他一驚，他傲然點頭道：「不錯！我這『紅花指』正是混合孔雀糞與血紅花所煉成的，劇毒無比！」

他停頓了一下，道：「連我也沒有解藥！所以中指者無藥可救了！」

石砥中狠聲道：「這等歹毒的武功，怎能留於世間？我發誓要殺了你！」

白塔大師自對方眼中看到了深沉無比的恨意，那足可削金爍石的犀利目光，使得他不由得打了個寒顫。

他一驚之際，已自石砥中眼中看到倏然閃過的一絲碧綠的神光……。

他的心底泛起寒意，情不自禁地退了一步。

這種現象是他所從未有過的，心神顫驚之下，他四下望了一下。

布達拉宮裡一片謐靜，好似全寺的人都已睡去，不知何時，連寺裡所有的燈光都已經熄滅，整個布達拉宮在夜色中，恍如巨獸蹲伏著一樣，有一種神秘的氣氛。

白塔大師心中忖道：「怎麼活佛病重時，全寺會如此靜謐，連誦經的聲音都停止了，這是什麼緣故？」

頓時，他的心裡忐忑不安起來，心緒紊亂無法平息。

驀地——

他眼前閃起一片紅光，流激四射，燦爛輝煌……。

「紅火寶戒！」

他一看，脫口道：「怎麼紅火寶戒被你得去？」

石砥中手握紅火寶戒，擺放在上官夫人胸前，道：「夫人，這寶戒能夠吸毒。」

白塔大師見石砥中理都沒理自己，一股嗔念勃然而起。

他冷哼一聲，道：「紅火寶戒雖是寶物，但是此刻毒已蔓延至丹田，再也不能救治了！」

石砥中理都沒理白塔大師，仍自將紅火寶戒放在上官夫人胸前。

上官夫人原先已經快要閉上眼睛，這時全身微微一動，又張開眼來。

當她看到眼前一片紅光時，不禁驚悸地叫道：「婉兒！婉兒！」

上官婉兒趕忙伸出手去，握著上官夫人，她淒然道：「娘，我在這裡！」

上官夫人恐懼地道：「怎麼我眼前一片紅光呢？我看不見你。」

石砥中道：「夫人！這是我的紅火寶戒上發出的霞光，我正試著替你療傷！」

上官夫人慘然道：「我已快死了，還要療什麼傷？」

上官婉兒放聲哭泣，道：「娘，你不會死啊！」

上官夫人淒然一笑，道：「傻孩子，人哪有不會死的？早晚我都會離開你的。」

她說道：「我覺得現在舒服多了，不像剛才那樣，好像心都要裂開似的。」

石砥中心裡意念飛轉，他正在考慮是否要拚著消耗功力，以瑜珈術的療傷心法「搜宮過穴」，替上官夫人逼出毒性。

雖然這種方法不見得有效，但是為了救她一命，他非要試試不可。

可是他又想到了自己身陷布達拉宮裡，面對這藏土第二高手，若是功力消耗，則必將落敗，甚至連自己的性命都會不保，更何況是上官夫人母女？

他臉上閃過不少表情，猶疑了一會，仍然無法決定到底要不要冒險一試？

上官夫人吁了兩口氣，道：「石賢侄，你不必管我，快帶婉兒去吧！」

石砥中一咬牙，自懷裡掏出一把竹箸，他忖道：「我先在四周布好陣法，再拚著命替她將毒性逼出！」

上官夫人顫聲叫道：「石賢侄，你答應我，一定要終身保護婉兒，不使她受到傷害。」

石砥中聽得出上官夫人話中的意思，他猶豫了一下，說道：「夫人，在下把她當作自己的妹妹一樣，決不讓任何人傷害到她。」

上官婉兒神情一怔，睜著黑亮的大眼，盯住石砥中，突地，她放聲痛哭起來。

上官夫人道：「傻孩子，你又痛哭什麼？」

她呻吟一聲，道：「石賢侄，我將婉兒許配給你，你可否……。」

石砥中悚然一驚，還沒有答話，已聽得耳後風聲急響，一道陰寒的勁風襲來。

他大袖一展，頭也不回，反拍而出。

「噗——」

一道人影倒翻開去，石砥中猛然站了起來。

他舉起左手，只見掌上釘著四支小針。

在月華之下，這四支針都泛著藍森森的光芒。

「哼！是誅心刺！」他眼中射出逼人的神光，沉聲道：「你是毒門南宗弟子？」

那個瘦削臉頰、留著兩撇小鬍子的中年漢子，跌出八尺開外。

他胸中氣血洶湧，張口吐出一股鮮血。

待他看到了石砥中掌心插著四支小釘時，臉上一喜，自地上站了起來。

他深吸口氣，道：「在下就是毒門南宗掌門馮翎！」

他陰陰一笑，道：「小子，你已中了本門的誅心刺，僅有半個時辰的命！」

石砥中臉上浮起殺意，他寒聲道：「我正要找毒門中人算帳，這下碰到你正好！」

馮翎狂笑道：「小子你已死定了！」

他笑聲一停，又道：「現在毒性已經蔓延到你的『肩井穴』，你已經覺得全身酸麻無力了。」

石砥中冷哼一聲，左掌攤開，四支藍汪汪的小針仍自插在上面，只見他手腕微微一動，掌上肌肉一陣收縮，那四支小針跳了出來。

馮翎兩眼張得老大，驚愕地望著石砥中。

石砥中緩緩踏將出去，他冷嘲道：「我現在已經全身酸麻無力？哼！你可要試我一記『般若真氣』？」

馮翎冷哼一聲，道：「你再看看本門毒物！」

他振臂一擲，一道烏黑的光芒急射而出。

石砥中仍自往前行走，一點都不在意，眼見那道烏光已經就要射到眼前，他倏然一伸手掌。

那條全身烏黑的鐵線蛇，張開毒牙，頓時咬進他的手掌。

馮翎仰天狂笑，道：「你已被天下最毒的鐵線蛇咬到，馬上便將中毒死去。」

石砥中眼中閃過碧綠的神光，他左手掌一合，將蛇頭抓住，右手長劍一揮，頓時將那條鐵線蛇劈為三截。

他漠然一攤手掌，整個蛇頭都被擠得破裂，朝著馮翎陰陰一笑。

馮翎目中閃過驚駭的神色，頭上立即湧起豆大汗珠，他朗聲問道：「你是誰？」

石砥中腦海之中掠過萬毒山莊被火焚燒的情形，怒火頓然熊熊燃燒，他沉聲道：「石砥中！」

「石砥中？」馮翎口吃地道：「那……你是回……天……。」

石砥中深吸口氣，道：「不錯！回天劍客！」

馮翎驚詫道：「那你怎麼不懼毒……？」

石砥中豪氣萬丈地道：「我是萬毒不侵！」

他眼中碧綠，漸漸泛濃，碧光暴射，有似兩支小箭，懾人心志……。

「哼！」一聲冷哼，白塔大師怒喝道：「你既然萬毒不侵，且試一試我的紅花指！」

「嗤！」的一聲，尖銳的指風急射而來。

石砥中側身一讓，左掌反拍而出，一股腥氣頓時瀰然散開！

白塔大師一指點出，立即退了開去，他深吸一口氣，又飛身而上。石砥中一掌拍出，剛一觸及那縷指風，便覺掌心一麻，那道犀利的指風竟能穿過掌勁射了進來。

他收掌運氣，又拍出一掌。

他們身形一觸即分，轉眼便對了五招，石砥中發出的毒門「毒魔神功」，逼得白塔大師身形連閃，五招一了，他便退出七尺開外。

石砥中心裡曉得，若不是「毒魔神功」發出之際，毒氣、毒風散發有三尺之遠，而使得白塔大師有所忌憚，則必定不能逼得他退身。

所以他見白塔大師退開了，也沒有追趕過去。

馮翎眼見石砥中兩眼碧綠，發出淡淡黑霧似的掌風，他心中一驚，叫道：「毒魔神功，這是毒魔神功！」

石砥中目中碧光流轉，他聞聲側首道：「一點不錯！這正是毒門失傳之技『毒魔神功』！」

馮翎驚駭萬分地道：「你！你到底是誰？」

石砥中冷笑一聲，正待答話，猛地，上官婉兒大聲哭道：「娘！娘你怎好丟下我而去……。」

石砥中全身大震，他驚駭地轉過身去，問道：「婉兒，夫人她……。」

上官婉兒抬起頭來，慘然道：「娘死了！」

石砥中只見上官婉兒臉上掛著淚痕，一臉淒絕的表情，被紅火寶戒的光芒照映得紅潤清盈，更加惹人憐愛。

他嘴唇嚅動了兩下，想要說什麼，卻又沒有說出來，一時之間，怔怔地佇立不動，連眼睛都沒眨一下。

倏然——

他自上官婉兒的眼睛裏看出驚駭的神情。

剎那之間，他虎吼一聲，旋身而起，長劍閃過……。

一道爍亮的光芒迸發而出，直達四尺之遠。

「啊——」

慘厲的嘷叫聲中，馮翎竟被劈成兩半，整個軀體都分裂開來，鮮血四濺，殘肢飛舞……。

白塔大師也都慘然不忍目睹，掉過頭去。

上官婉兒驚駭地叫了一聲，趕忙閉上眼睛。

石砥中臉色寒凜，劍刀緩緩舉起，劍尖向著天空，凝神望著白塔大師。

自他眼睛裡，碧芒時而閃過，懾人無比。

白塔大師一撩紅色袈裟，「鏘！」的一聲，自裡面掣出兩面銅鈸。

石砥中行走到距白塔大師面前七尺之處，停止了腳步，凝神挺立。

白塔大師肅然而立，兩面銅鈸合起，護住胸前，懷中如抱滿月，凝望著石砥中。

天色已過三更，穹空月光淡淡灑下。

白塔大師低喝一聲，踏前兩步，兩面銅鈸一分，狂風陡然旋起。

石砥中意與劍合，渾然恍如一體，他木然望著白塔大師，劍尖一顫，移下了兩分。

「呃——」

白塔大師喝叱一聲，橫跨三步，銅鈸互合，「鏘！」的一響，斜擊而出。

石砥中哼了一聲，劍尖一抖，灑出兩點寒星。

「叮叮！」

銅鈸一分，立即又是一聲大響，併合起來筆直射到。

一股尖銳的勁道射出，鈸身迴旋而起，順著兩側削下。

石砥中倒退一半，劍刃一絞一旋，一片網雨灑出。

白塔大師紅袍飄揚，一片紅影之中，一溜尖銳的勁風射了出來。

石砥中輕哼一聲，斜身閃開，一排劍幕倒射而起。

「噗！」指風擊在劍幕之上。

白塔大師厲嗥一聲，左手一伸，食指尖端一片血紅，一縷指風急銳射出。石砥中輕喝一聲，捧劍一推，劍刃之上立即跳出一圈光暈，燦爛奪目。光暈乍閃即滅，白塔大師已慘嗥一聲，倒退出七步之外。

他那仍然舉在空中的左手上，血紅的食指已經斷去！

一陣陣錐心刺骨之痛，霎時浮上心頭。

白塔大師臉上立時泛起驚詫之色。

第四章 活佛升天

石砥中冷漠地望著白塔大師，眼中一片冷綠。

白塔大師忽地脫口而出道：

「劍罡！」

「不錯！是劍罡！」石砥中答道。

白塔大師雙眼赤紅，淒然苦笑道：「老衲有幸，今日得見『劍罡』之技……。」

他話聲未了，宮裡突地響起一聲悠長的鐘響。

寧靜的夜裡，這響鐘聲隨著夜風傳出老遠……。

白塔大師臉色一片通紅，他仰首望天，喃喃地道：「活佛升天了！」

「啊！」石砥中吃了一驚，道：「你說什麼，達賴活佛圓寂了？」

白塔大師眼中流出兩行淚水，他嘴裡喃喃地說了幾句藏語，便倒仆地上。

石砥中只見白塔大師肌膚通紅，灰眉已經脫落，顯然毫無疑問是已經中毒死去了。

石砥中忖道：「他這是因為指上的毒被我劍罡逼回，以致自己中毒死去的，唉！這種功夫練來又有何益？害人又害己。」

霎時，他心裡湧起了許多的思潮，無限感觸。

倏然，布達拉宮燈光齊亮，一片梵唄之聲響起。

上官婉兒輕聲問道：「石哥哥！你可是想要得到那鵬城之秘的解答文字？」

石砥中點了點頭，道：「難道令堂也是要……。」

上官婉兒道：「我娘身邊有兩支金戈。」

石砥中低嘆了一聲，道：「唉！我應該告訴她，那兩支金戈是假的。」

「假的？」

「是假的！」石砥中道：「金戈一共有四支是假的，只有我這兒的一支才是真的。」

上官婉兒緩緩低下頭來，道：「可憐的娘，竟為了假的金戈把命都送了，娘啊！你地下有知，該要嘆息自己聰明一世，到最後卻受了騙。」

石砥中默然，他收劍入鞘，想了一下，道：「而且到那大漠鵬城裡，尚需另外一支玉戟，否則還是沒用！」

上官婉兒緩緩地抬起頭來，道：「世界上有多少人為一個虛空的夢，把生命葬送在裡面，想了想，真是不該如此。」

石砥中沒想到上官婉兒竟會說出如此一句意義深長的話來。

他心中反覆回味這句話，頓時只覺人生空虛，一切事情都是那樣不可捉摸。「人生如夢！」他輕嘆道：「人生如夢又似煙，總是空虛對人間……。」

陣陣呢喃的聲音自寺院裡傳來，飄忽在夜空裡……。

石砥中驀然抬起頭來，對著蒼穹，長長地呼了口氣。

上官婉兒怯然地道：「石哥哥，我有什麼話講錯了？」

石砥中聞聲低下頭來，搖了搖頭，道：「我只是感觸太深！人生確實是很空虛的，在整個生命的過程中，真是苦多於樂，彷彿煩惱與痛苦是人的影子一樣，永遠跟在人的身後，不能拋去……。」

上官婉兒睜大兩眼凝視石砥中，聽到他說的那些話，她心裡一陣難過，長長的睫毛一陣眨動，掉落兩滴淚珠來。

石砥中道：「婉兒，你又有什麼難過的事？」

上官婉兒肩頭聳顫，道：「我想起娘一生剛強，自從爹拋下我們去當和尚之後，她便一直悶悶不樂，總是被憂煩包圍，不能擺脫。」

石砥中嘆了一口氣，道：「我倒認為她與柴倫前輩之間的真摯情意令人稱羨。」

他停頓了一下，道：「待我回到崑崙，我定要將此事告訴柴倫前輩！」

上官婉兒輕聲道：「我想是應該告訴他的。」

就是她這一句話，使得以後七絕神君挾著琴劍，以他的琴、劍、掌三大絕技，將布達拉宮裡的喇嘛殺死五百餘人，造成布達拉宮空前的大災害。

石砥中深吸了一口氣，道：「我現在就在此布起十絕陣，你抱著令堂的屍體坐在陣裡不要動，待我到藏經樓去一趟，再回來接你。」

上官婉兒點了點頭，將她母親的屍體抱了起來。

石砥中拾起地上的竹箸，飛快地依著那一排古木，將「十絕陣」擺好。

他拉起上官婉兒走進陣裡，在大陣中心之處畫了個圓圈，道：「你就坐在這裡，不要管什麼人從身邊經過，絕不能動，縱然他指著你也不必管他，因為天下任何人都不能傷害到你的！」

上官婉兒依言坐了下來，她點了點頭，道：「我一定會等你來，我才動身。」

石砥中問道：「你真的如此信賴我？」

上官婉兒充滿信心地道：「我相信你一定不會騙我的！你絕不會騙我！」

石砥中心頭一震，忖道：「她對我具有如此大的信心，我怎能夠任由她一個人去流浪？我既然答應了她娘，終身都會照顧她，不讓她受人欺負，我就一定要遵守諾言。」

他輕輕拍了拍上官婉兒瘦削的肩膀，道：「你相信我，任何人或任何事都不能傷害到你，有我保護你。」

上官婉兒臉上泛起了一層淡淡的紅暈，她羞澀地說道：「你快點回來，石哥哥！」

石砥中點了點頭，身形一陣飛旋，交錯迂迴穿行於陣中，轉眼便躍出陣外。

他四下一望，卻仍然沒見到一個人影，不禁詫異地忖道：「難道達賴喇嘛一死，這些喇嘛都閉門不出？」

他一振雙臂，飛掠而起，朝屋脊上躍去。

×　×　×

重重疊疊，一幢連著一幢的房子，都是燈光輝煌。

裡面傳出了梵唄之聲，連續不斷……。

石砥中望了一下，朝那最大的一幢寺院奔去。

轉過斜飛入空的簷角，他倒掛身子往殿裡望去。

殿內燈光雪亮，一排排身穿紅色袈裟的喇嘛都合掌盤坐，喃喃地念著經。

石砥中一眼望去，儘是一個個光頭，算一算人數似有近千人之多。

他暗吁了口氣，忖道：「這些喇嘛大概是在念經追悼，但不知達賴喇嘛是住在哪一幢殿裡……。」

他一個翻身又躍上屋簷，眼光瞥處，拉薩城裡萬點燈光，在黑夜裡顯得美麗無比。

夜風拂來，他轉忖道：「我只學會了幾句藏語，還有認識藏經樓三個藏土文字，但這宮裡寬闊無比，寺院綿延開去，足有好幾百丈遠，我若一間間的去找，豈不是到天亮也都不能找到嗎？」

他皺了皺眉頭，正待往後面殿院搜去，驀地——

「噹——」

一聲悠長而幽深的鐘聲響起，接著是四聲急驟的鐘聲。

鐘聲迴盪開去，拉薩城的燈光全熄。

「咦！」石砥中一愕，忖道：「這是怎麼回事？」

梵唄之聲一歇，兩排喇嘛自敞開的寺院走出，他們踏下石階，向山門走去。

沉重的鐵門被拉開來，拉薩城裡突然亮起無數的火把，紛紛向宮裡行來。

石砥中見到那些火光移動之間，漸漸匯合成一股火龍——

他暗道一聲不好，忖道：「這些西藏人最是篤信喇嘛教了，活佛圓寂，必定是要來這裡瞻仰遺容，那麼火光之下，我豈不是更不好搜尋藏經樓嗎？」

他忖思之際，目光瞥見那寺廟後的高大鐘樓了。

頓時他心中一喜，飛身躍向鐘樓而去。

布達拉宮高有十三層，那座鐘樓較最高的一層殿院還要高，是以在夜裡看來，幾乎可以站在上面採下星星一樣。

石砥中一躍上鐘樓，便已看到一個長眉垂胸、低閉眼簾的老喇嘛，正自垂首趺坐在那根撞鐘的杵木上。

他心裡一驚，只見那個喇嘛身上穿著一件百補袈裟，兩袖之間一片油光，全身骯髒無比。

那個年老喇嘛盤膝趺坐在敲鐘的杵上，一點都不搖晃，穩當無比。

在他身邊就是一個青銅鑄的大鐘，此刻餘音仍似嬝嬝地響在石砥中耳邊一樣。

他暗忖道：「這年老的喇嘛就是這樣趺坐在木杵之上敲鐘的？那他……。」

他正在忖思之際，驀地見到那個年老喇嘛張開眼來，朝自己望了一眼，然後輕輕一笑，仍又閉上眼睛。

石砥中一愣，喊道：「大師……。」

那個老喇嘛張開眼來，衝著石砥中又點了點頭，笑了笑。

石砥中問道：「請問大師，藏經樓是在……。」

那個年老的喇嘛咳了一聲，道：「你終於來了，很好，很好！」

石砥中皺了下眉頭，忖道：「這個喇嘛還會說中原的話，我倒可以問問他達克忝喇嘛有沒有在書庫。」

他問道：「請問大師，本寺是不是有個達克忝喇嘛？」

那個年老喇嘛伸出枯瘦的手，道：「拿來！」

石砥中愕道：「什麼？」

老喇嘛道：「短笛有沒有帶來？」

石砥中狂喜道：「你就是達克忝喇嘛？」

那年老喇嘛搖頭道：「我非我，他非他，又有什麼達克忝喇嘛？」

石砥中聰穎無比，倒也聽得懂話中的機鋒。

他想了一下，問道：「前輩不是看守書庫嗎？難道——」

達克忝喇嘛微微一笑，道：「我生來就是守書庫的嗎？」

石砥中大喜，將懷中的短笛掏出，交給達克忝喇嘛。

那支短笛平凡無奇，但是達克忝喇嘛高興無比，他伸出枯瘦的手，輕輕地摸著短笛，道：「有六十年沒有見到了，白雲蒼狗，世事無常，這支短笛卻還依舊當年。」

他的話裡充滿無限的感慨，也隱隱含帶一份辛酸……。

石砥中停頓了一下，繼續問道：「在下奉師祖之命，來向大師請教有關大漠鵬城之秘……。」

達克炁道：「你有沒有帶著金戈玉戟？」

石砥中趕忙將口袋裡的金戈玉戟拿出來。

達克炁喇嘛摩裟了一會，輕聲道：「博洛塔里——」

「博洛塔里？」

石砥中腦海之中頓時記起當年初上天山時，聽見天山老人說起的關於博洛塔里之事。

他問道：「這博洛塔里可是蒙古先知？」

達克炁點頭道：「正是蒙古境內婦孺皆知的先知博洛塔里，那流傳數百年的蒙古深漠中的金鵬城，也就是他所建築的！」

「哦？」石砥中道：「原來那金鵬古城就是他所建築的，那麼真的有這個城池了！」

達克炁瞪了他一眼，道：「你既然不相信大漠金鵬古城，那麼又為何跋涉千里，在這初春冰雪尚未融化之際，趕來藏土找我呢？」

石砥中被達克炁問得一愣，吶吶地道：「請前輩恕我出言未加思考……。」

達克炁點了點頭，道：「對！年輕人應該勇於認錯，想不到我那老友會有如此好的後輩，看來他的願望是一定能夠達到了！」

石砥中問道：「前輩與我那師祖是……。」

達克炁兩眼凝注夜空，緩緩道：「四十七年前的夏日，他曾來此與我盤桓了幾天，我們氣味頗為相投，他就曾提起此事，但是那個時候，我剛剛剃度為僧，對於藏經樓之古籍一點都不懂，故而我將這支短笛交與他……。」

他閉上了眼睛，停頓了一下，續道：「我那時曾對他說，只要三年時間，容我將書庫之內的典籍看完，我自然會找出那關於大漠鵬城的秘密，那麼，他隨時可以來找我，我便將譯文交給他！」

石砥中聽得入神，問道：「那麼，我師祖三年之後有沒有來找前輩呢？」

達克炁點了點頭，道：「他來了，他是遵照著我們之間的諾言來了。」

石砥中嗯了一聲，道：「那時大概前輩還未能找出鵬城之秘，所以……。」

「一點都不錯！」達克炁睜開眼睛，凝望著石砥中道：「你很聰明！」

石砥中沒料到達克炁會說出這句話來，他不好意思地笑了笑。

達克炁鑑賞似的點了點頭，道：「你說得一點都不錯，是我沒能遵守諾言，將譯文告訴他，以致他空手而回。」

他嘆了口氣，道：「那時我已經將整個書庫裡的書看完了十之六七，但是卻仍然沒有找到那關於博洛塔里之事的記載！」

石砥中問道：「前輩看了大約有多少書？」

達克烎想了一下，道：「有兩萬七千四百零六本。」

石砥中一聽，咋舌不已，忖道：「沒想到他看了那麼多的書，竟然還沒將書庫中的書看完，可知這個寺裡的書有多少了！」

達克烎道：「當年我就與他約好再二年之期，請他重來拉薩，或者就派他的徒兒持著這支短笛向我拿取那本譯書。」

他搖了搖頭，又道：「沒想到自那次一見之後，便是四十多年了，唉！故人已經作古，卻仍然使我懷念不已。」

石砥中也懷念起那死於滅神島，孤寂終生的老人來。

頓時，他默然了，彷彿空氣中有種凄涼的成分，使得他的心裡泛過一種難以言喻的情緒。

達克烎上身一動，他坐著的那根粗大的木杵頓時搖動起來，敲在青銅古鐘之上。

「噹——」

低幽的鐘聲響起，嬝嬝飛散開去。

石砥中耳鼓一震，被那清幽而深沉的鐘聲撞擊得心頭一跳，他暗自驚懼不已，忖道：「真不知他怎會受得了這麼寬宏的音量……。」

他忍不住問道：「請問前輩，你撞了多少年的鐘？」

達克炁回想道：「自我那老友的徒兒到此後，我便開始撞鐘，至今二十一年了。」

他沉思了一下，繼續道：「我又繼續看了二年的書，終於將博洛塔里所手書的抄本看到。」

他苦笑了一下，道：「但是那時我發覺裡面的文字不全有藏土古文在內，更有梵文在內，但是，我對梵文則是一點都不懂。」

石砥中輕輕地啊了一聲，顯然是沒有想到這裡面還有這麼多的曲折。

達克炁道：「於是我就向活佛申請到噶丹寺學習梵文，共兩年之久，也就是在那段期間，我那老友的徒兒闖入布達拉宮。」

石砥中冷哼一聲，道：「他結果被擒獲，臉上被刀刃劃得像鬼一樣……。」

達克炁道：「當我曉得此事後，曾與庫軍大吵一頓，到後來我將他打得連退二十步，氣得吐血昏倒，也就是從那個時候起，我被達賴活佛罰著面壁一年，然後撞鐘二十年……。」

他微微一笑，道：「活佛那時也知道當他歸天時，要我替他撞鐘的，所以我也就坐上鐘樓，撞了二十年的鐘！」

他目光一轉，突地叱道：「下去！是誰上來？」

一道龐大的人影飛躍而上，現身於欄杆邊。

石砥中一看，見是一個中年喇嘛，神態驕傲地挺立著。

那中年喇嘛望了石砥中一眼，衝著達克烎道：「師父說請你下去！」

達克烎眼中露出逼人的光芒，沉聲道：「滾下去！」

那中年喇嘛臉色微變，道：「師父說活佛已經升天，請你……。」

達克烎冷哼了一聲，怒道：「庫軍是什麼東西，滾下去！」

他大袖微揚，一股柔風吹過，那中年喇嘛悶哼一聲，立身不住，自鐘樓上跌落下去。

達克烎若無其事地繼續道：「我從噶丹寺回來後，便動手翻譯那本書，僅僅一個月功夫便已經譯好，卻一直等到現在才見到你來。」

石砥中道：「我也是去年秋末才從師祖那兒取得短笛。」

達克烎點了點頭，然後微笑著問道：「你可相信活佛轉世？」

「轉世？」石砥中先是一愣，想了一下才道：「這個我僅是聽過傳聞而已，詳細情形可不知道！」

達克烎道：「這件事如果我告訴你說是真的，你相信嗎？」

石砥中猶疑了一下，道：「這個晚輩不敢相信。」
達克炁點點頭道：「像你這樣是對的，每一個人都應該有自己的主張。」
他臉色一整，道：「但是我卻要鄭重地告訴你，這是真的。」
他望著全神凝望著自己的石砥中，緩緩道：「博洛塔里便曾被選為達賴活佛……。」
石砥中啊了一聲，忍不住問道：「這又是怎麼回事？」
達克炁道：「他是蒙古人，就因為這樣，他……。」
他話聲未了，一聲暴喝自鐘樓底下傳來。
達克炁冷哼一聲，道：「那是庫軍！」
「哼！」石砥中右手一翻，將一面疾射而上的銅鈸抓住。
側首一看，只見下面火把高舉，照得院裡有如白晝。
眾生不幸，第五世達賴喇嘛於水狗年圓寂（藏曆以十二生肖和五行配合計數），庫軍大師欲專擅國事，秘不發喪，偽言達賴入定，自此凡事均傳達賴之命以行。

第五章　迷陣之圖

高聳的鐘樓穿入夜空之中，一鉤冷月斜斜地掛在簷角，大鐘沉寂地懸在鐘樓之頂，留下一個濃濃的陰影。

達克炁喇嘛瞑然趺坐在那根敲鐘的巨杵之上，默默地望著石砥中。

鐘樓之下人聲喧嘩，燈火通明。

顯然全寺的僧眾都已默禱完了，走出寺外，來到廣場之中。

石砥中手中拿起一面銅鈸，挺立在欄杆之上，眼中射出逼人的鋒芒，凝望著鐘樓下面。

倏地，一個人影飆然飛躍而上。

紅影騰空，大袍舒展，洶湧如潮地勁道往石砥中身上撞來。

「嘿！」

石砥中見到這個年老的喇嘛竟然能夠躍起四丈多高，還能在空中發掌攻敵，這等功力的確不同凡響。

他低喝一聲，左掌駢合如劍，猿臂疾伸，一式「劍劈泰嶽」，長臂似劍揮出。

半空之中響起一陣刺耳的聲響，石砥中身形搖晃了一下。

那個枯瘦的喇嘛悶哼一聲，僧袍飄拂，回空急翻兩個筋斗，往庭院落去。

石砥中心裡微驚，忖道：「這年老喇嘛莫非就是庫軍大師？好強勁的掌力！」

達克炁喇嘛似是看透了他的心意，緩緩道：「剛才那是本寺三大長老之一的枯僧，還有瘦僧和病僧兩人，他們都是我的師弟，唉！我已有二十多年沒見他們了！」

石砥中「哦！」了一聲，望著達克炁道：「前輩自來鐘樓後，便沒見過他們？」

他微皺眉頭，道：「天下竟有如此絕情的同門兄弟？」

達克炁微哂道：「他們見我被活佛責罰，並貶為撞鐘之僧，當然認為我對他們是一種侮辱，何況他們還要巴結庫軍。」

石砥中暗自感嘆道：「佛門子弟，修行之人，尚不能擺脫世俗之念，一味的阿諂住持，鄙視自己師兄，放眼常人，又何能免之？」

達克炁搖頭道：「你年紀還輕，不能真正體會人心。」

他話聲一頓，側目道：「那是老二，瘦僧章魯巴……。」

石砥中猛然側目，只見一個清癯瘦小的年老喇嘛似電掣般地飛撲上來。

他腳下一移，整個身子橫飛而起，大喝道：「滾下去！」

一掌拍出，狂飆飛揚。

瘦僧腳步已經踏上欄杆，這股旋激的掌勁將他的大袍都吹得獵獵作響，陡然之間，他雙掌一兜一旋，身形如像風前殘燭似的搖晃了兩下。

「喀吧！」一聲，整個欄杆都斷裂折散。

碎木飛揚，瘦僧章魯巴已跨前一步，踏在樓板之上。

他指掌交拂，連攻五招，凌厲迅捷，有似驟雷齊發，威力煞是驚人。

石砥中低哼一聲，雙足釘立不動，左臂飛掄，右手拿著錮鉞，施出天山「冷梅劍地」，虛實並生，奇正互換，連接對方五招，立即便將對方逼退二步。

章魯巴臉色一變，腳下一移，斜跨六步，自密接的招式下撤身而退。

他呼道：「師兄，庫軍住持請你下去！」

達克炁搖了搖頭，道：「沒有任何人能支使我，因為達賴已經升天！」

章魯巴道：「師兄，已經二十年了，你還計較那件小事情，庫軍住持請你重新回去主持藏經樓。」

達克炁眼中射出逼人鋒芒，喝道：「庫軍是什麼東西？」

章魯巴臉色連變數下，道：「但這是達賴活佛臨終前的遺命！」

達克炁臉色驟然一變，兩道灰眉往上一揚，沉聲喝道：「你這話可是真的？」

章魯巴道：「一點都不假，師兄，難道我會騙你嗎？」

「哼！」達克炁冷哼一聲，道：「你自幼便進寺裡，難道我不知道你的性情？」

章魯巴臉上一紅，道：「師兄你既然如此不信任我，那麼……。」

達克炁倏地沉聲喝道：「別攔他，讓他上來。」

石砥中聞聲一頓，緩緩地將發出的銅鈸收回護胸，退後了一步。

一個身形碩長、滿臉病容的老喇嘛拽著袍角，躍上鐘樓。

達克炁輕嘆一聲，道：「巴力，你還是這個老樣子！」

病僧巴力喇嘛似是非常激動，雙掌合攏行了一禮，恭敬道：「大師兄，二十年不見，不知道你竟成了這個樣子，真是……。」

達克炁道：「巴力，二十年的苦修，你還不能看破世情，靈臺清明，你還著什麼相？」

巴力喇嘛垂眉合掌，焦黃的臉龐掠過一絲羞慚之色，低聲道：「謝師兄教誨！」

達克炁微微一笑，道：「巴力，你二十年來都沒來見我，現在上來做什麼？」

巴力道：「二十年來，因為活佛令諭全寺之人都不得來見師兄，所以我們都沒有來干擾師兄清修，但是剛才活佛圓寂前曾遺命，已免除師兄的責罰……。」

達克炁點頭道：「我早就曉得他升天之日必是我恢復自由之時！」

章魯巴道：「師兄，活佛另外尚有遺命要請你主持藏經樓。」

達克炁瞥了章魯巴一眼，轉身對病僧巴力道：「他這話可真？」

巴力點頭道：「活佛升天之時，曾有三個遺命，第一是關於活佛轉世之地方及時候，第二是免除師兄之責罰，並請師兄出任藏經樓住持……。」

達克炁聲色不動，緩聲道：「那第三個遺命呢？」

病僧巴力飛快地瞥了站立於旁的石砥中一眼，道：「第三個遺命是不許攔截於今夜侵入本寺的任何人！」

「哈哈哈哈！」達克炁突地放聲狂笑，笑聲好似有形之物撞擊在大鐘之上，發出嗡嗡不停的聲音。

章魯巴臉色驟然一變，似是沒想到達克炁會有如此深的功力，他暗忖道：「二十年前他是全寺武功最強學術最淵博的人，二十年後看來仍然是他，我們修練二十年，依然不能超過他，庫軍要想報那次連退二十步的羞辱，看來也是不可能了。」

達克炁笑聲一斂，沉聲道：「那麼庫軍為何還要擾動全寺僧人幹什麼？」

他這話是對章魯巴所說的，章魯巴一怔，道：「這個……。」

達克炁冷哼一聲，道：「他還記住那二十年前的仇恨，不知本寺即將面臨一大劫難，看來活佛的苦心是白費了！」

章魯巴剛才親自與石砥中對過五招，結果還沒逼退兩步，所以深知石砥中的厲害。

他迅速地望了石砥中一眼，心想：「莫非他真會給本寺帶來大劫？」

巴力道：「關於這點，師弟我會勸阻庫軍住持。」

達克炁搖搖頭，道：「沒有用的，這場大劫我是無能為力，只好辜負活佛的一片心機了！」

巴力訝道：「大師兄你是說……。」

達克炁搖頭道：「我還有四個時辰便將涅槃，所以我不會出任藏經樓住持。」

石砥中大驚失色，道：「前輩，你……。」

達克炁舉起枯瘦的手掌，道：「你不須要慌張，我不將那本秘笈及譯文交給你，是不會去的！」

巴力激動地大聲道：「大師兄，你難道不能體會活佛的一片苦心，多留幾年？」

達克炁微微搖頭，道：「我是無力回天，天意如此，又有何法？」

他輕輕閉上眼睛，道：「活佛已經看得清楚，本寺這場大劫惟有我能解開，但是他沒有召我去親自說明，我豈願捨卻涅槃之期，而強自延續四年？」

巴力道：「活佛病重時，曾要庫軍師兄將你請回寺裡面談此事，但……。」

章魯巴輕喝道：「巴力！」

達克炁倏然睜開眼睛，道：「這事我早已曉得，庫軍此舉使本寺已無可避免這場大劫，我無能為力了。」

風聲微颯，那原先被石砥中一掌逼下的枯僧又已飛身躍上鐘樓，雙掌交胸，昂然佇立著。

達克炁伸出手去，阻止石砥中欲待躍動的身形。

他緩聲道：「就讓他上來好了！」

枯僧眼光寒凜地掃過石砥中的臉上，他似是沒想到剛才一掌將他自空中打落的強勁力道，竟是這個年輕瀟灑的石砥中所發出，所以臉上浮現出訝異的神情。

達克炁寧靜地道：「格雅陀，你的來意我已知道，我將在四個時辰後涅槃歸西，不能再掌藏經樓了，你可以下去與庫軍說明。」

枯僧格雅陀驚訝無比，一時都說不出話來。

達克炁繼續道：「你與他講，要他好自為之，否則三年之內，他將是應劫之人！」

枯僧格雅陀還待說些什麼，但是達克炁已閉上眼睛，理都沒理他了。

格雅陀枯木似的臉上泛起怒容，道：「師兄……。」

瘦僧章魯巴伸出手去拉格雅陀的手臂，低聲說道：「不要多說了，還是請住持上來！」

格雅陀左臂一甩，怒道：「走開！」

他跨前一步，道：「師兄，這是活佛遺命，你豈能……。」

達克炁猛睜雙眼，沉聲道：「格雅陀！你還認我是你的師兄？」

他話聲一頓，緩緩道：「你如果相信我的話，立即下去，否則你我師門之情，從此斷絕了！」

格雅陀一愣，狂怒地揮掌一擊，一股剛勁旋激的勁風呼嘯撞去。

達克炁眼光陡然一亮，有似爍爍寒星，兩道灰眉斜飛而起，他大袖一揚，露出枯瘦的手掌，輕柔地拍了一下。

他的手掌緩緩拍出，一點風聲都沒有，與格雅陀那股急嘯旋激的勁道，簡直不能相比。

但是勁風飛旋裡，突地發出輕微的「嗤嗤」聲響，格雅陀悶哼一聲，整個身軀平空退後一尺。

瘦僧章魯巴驚道：「師兄！」

格雅陀深吸一口氣，拔身而起，他望了望像粉屑般碎去的兩隻大袖，又低頭望著樓板上兩個洞穿的腳印，枯木似的臉上浮起驚駭之色，肌肉一陣抽搐，他怔怔地望著趺坐在大杵上，絲毫不動的達克炁。

「唉！」達克炁輕嘆口氣，道：「這二十年來，你的功力竟然毫無進展，看來是參禪太多了。」

他似是不願再多說了，搖搖頭道：「你們都下去吧！」

病僧巴力道：「師兄，你真是不理全寺的生靈？」

達克炁喃喃道：「天意如此。」

他又一次的閉上了眼睛，緩緩道：「這完全要看他意念如何了？」

格雅陀重重地哼了一聲，道：「你不要以為練成了『班禪天龍瞑』便可如此。」

他話聲還沒說完，達克炁沉聲喝道：「下去！」

格雅陀大喝一聲，怒推雙掌，身隨掌走，躍起四尺，一式「天龍舒爪」，雙掌將擊到達克炁身上之時，十指倏然張開，如鉤扣去。

石砥中怒哼一聲，腳下一移，自章魯巴的身旁穿過，銅鈸一揚，往枯僧格雅陀的腳下削去。

格雅陀十指飛出，一齊擊在默然瞑坐的達克炁身上。

「嗤啦」一聲，達克炁胸前的破爛衣袍被撕裂開來，露出瘦弱無肉、根根脅骨可見的胸膛。

但是他十指一觸達克炁胸膛，卻好似被霹靂擊中，忙不迭地縮回雙臂。

就在此時，石砥中已手持銅鈸急削而至，金風犀利，及膚生寒。

格雅陀臉色在這陡然之間，連續變幻了幾次，他已不及考慮，雙足一拳，上身一仰，斜飛而出。

石砥中進步撩身，左臂一抖，手掌輕拂，「般若真氣」發出，一股勁道瀰然射去。

枯僧格雅陀腳步還未立在樓板之上，已見到石砥中嚴肅地發掌出招，急忙中，他一掌平推而出。

「哼！又是密宗大手印——」

「啪！」的一響，格雅陀腳尖才點住樓板邊緣，猶未站穩便被石砥中的「般若真氣」擊中。

由於他在匆忙中發出「密宗大手印」，力道未純，所以被那股瀰然真氣擊得胸中氣血震盪不已，再也立身不住，自鐘樓跌下。

他吐出一口濁氣，在身形跌下之際，雙臂一振，手指一掏掛在胸前的珠串，猛地一抖。

石砥中一掌逼下格雅陀，身後突地響起一道勁風，急嘯旋動，往背後擊來。

他弓身滑步，一個大迴旋，有似風車般地轉了過來，手中銅鈸脫手射出，一道劍光，劃行一條圓弧，射將出去。

瘦僧章魯巴眼見枯僧格雅陀被石砥中打下鐘樓，他默然不吭，一掌飛出，擊向石砥中背心重穴，想要在猝不及防之際，置他於死命。

誰知石砥中反應迅速無比，陡然之間，翻身、飛鈸、出劍，一氣呵成，毫不停滯地疾攻而去。

章魯巴一掌將飛來的銅鈸拍開，只震得手腕隱隱作痛，他心裡一驚之際，眼前寒芒迸現，劍鋒犀利地穿過掌風，急射而來。

他嘿的一聲，腳下微退半步，左袖一拂，往劍上捲去，右掌一縮一沉，力道陡然一加，往石砥中臍下壓去。

石砥中雙眉一軒，劍鋒一旋「將軍揮戈」，一招二式，顫出一片淒迷的劍影，將對方攻來的雙掌齊都擋住。

他這一式辛辣明快、詭譎的劍路行處，章魯巴左袖一截被削去，劍尖劃破他的手腕，鮮血立即滴落下來。

這些動作都是在剎那之間完成的，等到章魯巴受傷後退時，石砥中已飄然翻身。

他輕喝一聲，劍式迴圈，迭出兩層劍幕。

飛射而來的佛珠似是滿天花雨，齊都投入這似是銀湖的劍幕之上。

「嗤嗤！」數聲，劍光一斂，顆顆佛珠都被絞成碎屑，飛散開去。

石砥中望著躍起的格雅陀，大喝一聲，左手一抖，三支金羽電射而出。

似是流星殞石掠過藍色的夜空，那三支金羽僅閃了一閃，便聽到格雅陀慘叫一聲，急速跌落下去，在明亮的火光下消失。

石砥中眼中閃出碧綠的光芒，嘴角帶著一絲冷漠的微笑，緩緩地轉過身來。

章魯巴右手捧著左臂，驚駭地望向石砥中，當他與石砥中那碧綠閃爍的眼光相觸時，不由得全身一震，側過頭去。

病僧巴力神色肅然問道：「你是何人？」

石砥中漠然凝視著巴力，沉聲道：「在下石砥中，現在請你們下去。」

巴力想了一下，似是沒有想到石砥中到底是何人。

他冷哼了一聲，道：「你單身闖入布達拉宮，竟然如此囂張，真的是見我藏土無人？」

石砥中眼裡碧光流轉，寒聲道：「請你們下去。」

病僧乾咳一聲，側首道：「師兄……。」

達克烋輕嘆一聲，道：「他這是咎由自取，我無可奈何，你們下去吧！」

章魯巴兩道灰眉一動，道：「師兄，你身為本門弟子，豈可任憑中土武林之人闖入宮裡，殺害自己的師弟？」

「他又何曾拿我當師兄看待？」

章魯巴一愕，怒道：「今夜就算毀了全寺，也不能讓他安然走出本寺！」

他掉過頭來，對巴力道：「師弟，我們走！」

說著，他飛身躍下鐘樓。

病僧巴力望了望達克烋，默然不吭，但是從眼睛裡露出的神色可以看出他心裡的感想如何複雜。

達克炁道：「巴力，你可注意到活佛的遺命，不要阻截任何侵入寺裡的人，這是他的先知之見。」

他的目光投過持劍挺立的石砥中身上，尤其是多看了兩眼那碧綠泛光的駭人目光。

他肅然道：「否則本寺的劫難將不可免，有半數以上的門人都將是應劫中人。」

病僧巴力沉痛地道：「既然師兄你不以本寺僧眾生靈為念，又何必管這麼多，我決不相信他一人便能夠使本寺淪於大劫不復之地。」

達克炁嘆了口氣，道：「你既然不聽，那麼就下去吧！」

病僧巴力恨恨地望了石砥中一眼，一拽長袍，飛身躍下鐘樓。

× × ×

石砥中吁了口氣，緩緩收劍入鞘，低頭朝樓下一看，只見那滿是火把的庭院裡，人群散去不少，只剩下一小隊燈火，像是一條火龍似的圍住鐘樓。

他回過頭來時，眼中碧光已經散去，仍是剛才那種樣子，使得達克炁驚異不已，問道：「你這是一種什麼功夫，完全是邪門！」

石砥中道：「我曾經在東海之滅神島上，誤服一種果實，以至運氣之時，兩眼時而泛出碧綠……。」

「哦！」達克烋恍然道：「據我從秘笈中所知，那大漠中的神秘鵬城、城頭之上是一隻碩大的金色大鵬展著雙翅，牠的兩眼之中，是嵌著博洛塔里先知在蒙古所獲得的兩枚最大的綠寶石，據他在手抄的秘笈上所記載，這兩枚綠寶石是來自更北方的鮮卑利亞，珍貴無比，能夠發出碧綠的光芒，遠達數里……。」

石砥中盤膝趺坐在另一邊的欄杆上，仰觀達克烋，問道：「前輩剛才說過關於活佛轉世之事，以及博洛塔里先知的身世……。」

達克烋道：「我曉得庫軍的性情，他對於活佛的遺命一定不會遵從，不過幸好各寺都有代表來此，他在短時間內是不會侵犯你的，所以我不妨將所知道的統統告訴你。」

他自寬大的袖子裡將金戈玉戟拿出來，緩緩摸挲了一下，道：「這支金戈上刻有梵文秘語，只說明它是用來啟開大門的，而那所大門如無玉戟插入匙孔，則會引動裡面的機關埋伏，來人將不能夠活著走出古城……。」

他眼中射出炯炯的神光，提高聲音道：「尤其最可怕的是裡面有十三重門之多，從第一道門到最後一道門，整個建築都是按照迷陣之圖建築的，任何人如果一踏進第一道門，就必須經過那些迷陣，從最後一道鐵門出去，所以若無迷陣之圖的行走方法，若無金戈玉戟，便不能取得鵬城裡的寶物秘典，而沒有鵬城方位地址之圖，則根本不能夠經過茫茫的大漠，到達金鵬之城的位置所在……。」

他頓了一下，道：「由於有這許多困難，所以數百年來，只有傳聞金鵬之城位於大漠深處，而沒有人能真的到達過。」

石砥中雙眉一軒，問道：「既然那座城是如此的困難才能到達，那麼當初又是怎麼建築成的，這是需要很多的人工、很長的時間才能完成的巨大工程，而且他又為什麼要在大漠深處，建造這種機關重布的鵬城？」

達克烎眼中的鋒芒漸漸隱去，枯瘦的胸膛一陣抖顫，點頭道：「這話問得好，這也就是整個故事的中心所在……。」

他喘了口氣，道：「但是現在我不願說出來，我將那本博洛塔里所手著的秘笈交與你，裡面有你所想要知道的問題，還有前六道迷陣的分圖，至於後面七座鐵門裡的迷陣行法，則由玉戟之柄上可以獲得。」

他左手微微一按木杵，坐式不變，身形輕靈地躍起，在鐘索上一按，摸出一個包囊。

石砥中只見達克烋的衣袍撕裂開來，露出敞開的胸膛上根根的脅骨，這下由於飛躍之勢，而使得衣服獵獵作響。

他立即脫下身上的大袍，道：「前輩，你的衣袍已經破了，披上這件吧！」

達克烋霎時為石砥中這一個舉動大為震驚，他全身一顫，道：「你這是幹什麼？」

石砥中沒料到達克烋如此問他，微微一怔，囁嚅道：「我剛才因為腦中盡是想到大漠鵬城之事，沒有注意到前輩衣衫已經破碎，現在看到前輩你袒胸露背，被夜風吹襲，所以……。」

達克烋雙眼凝注著石砥中，良久，他的眼中濡濕了，他咽聲道：「孩子，想不到我孤獨一世，在這兒竟能遇見如此善良的你，我……很感激。」

他仰首觀望夜空的繁星，深吸口氣，道：「我不須要你的衣服，我不須要任何人的幫助與憐憫！」

石砥中沒想到達克烋會如此倔強，他只得將長袍收回，這時他真是悔恨自己多此一舉了。

其實他不知道這等苦修的喇嘛，由於終年整季地都在刻苦修練，他們的目的是忘卻物欲，保持心境的寧靜，不受情緒的影響，不受環境的干擾，所以都成了孤寂怪癖的老人。

他們是不敢使自己的情緒波動的，因為只有靈臺清明，才能保持冷靜的思考，才能不受外在環境的影響。

所以達克炁情緒一陣波動之後，立即便壓抑住自己，他望著滿天星斗，喃喃道：「已過四更了。」

石砥中聞言，抬頭一看，只見冷月斜照，星斗移載，眼看將要天亮了，他不由得想起枯坐在自己所布的十絕陣裡的上官婉兒了。

「她一定很是害怕，因為她是那樣的柔弱，須要依靠別人……。」他繼續忖想道：「眼看我要遠涉大漠，取得鵬城裡面的寶劍秘笈，若是攜帶她去，怎能……。」

達克炁沉聲道：「孩子！這是我將博洛塔里所著秘笈譯成漢文的手抄本，你拿去吧！」

石砥中接過那個小包裹，心裡一陣激動，道：「前輩為了這事，將數十年的光陰齊都放在上面，晚輩我非常感激，我不知道要怎樣才能說出口。」

達克炁搖了搖頭，道：「你不要這樣說，我一生惟有你師祖這個知己，縱然故人已經遠去，但是當初答應之事，仍然要替他做到的。」

他唏噓地道：「博洛塔里雖是聖人，但是一生都是沒有半個知己，孤寂終身，所以他以自己的幻想，來建立了一座名垂千古的大漠金鵬之城，我能夠有一知己，此生也無憾了。」

石砥中默然了，他默默地望著這個老年喇嘛，心裡泛過一絲感慨。

靜默了一下，達克炁將手中的金戈玉戟交給石砥中，道：「這金戈玉戟上的文字除了說明鵬城中的後七座迷陣之行法外，還記載了博洛塔里隨身攜帶的金鵬墨劍取得的秘法……。」

石砥中臉色一整，喜道：「我正想要取得金鵬墨劍……。」

達克炁兩眼一瞪，凝望著石砥中，緩緩道：「金鵬墨劍犀利無比，乃是蒙古大汗鐵木真之子窩闊台西征時所獲得的戰利品，後來為博洛塔里所得。曾因此劍煞氣太重，而又淬鍊三年之久，後來當他建立金鵬之城，巨爪上抓著一柄利劍……。」

他重重地吁了一口氣，嚴肅地道：「你現在要答應我一件事情。」

石砥中毫不考慮地點了點頭，道：「前輩儘管吩咐，只要晚輩我能夠辦得到，一定會做到的。」

達克炁神色鄭重地說道：「我要你不要用那柄墨劍殺害本寺喇嘛，你答應嗎？」

石砥中沒想到竟是這個問題，他的腦海裡想起了自己師伯遠來藏土布達拉宮時，被庫軍擒住後以刀刃劃面的情形，於是，他猶豫了起來。

達克炁道：「孩子，我不是不要你替令師伯報仇，也不是要你在全寺人都圍攻你時不還手，而是要你不使用金鵬墨劍，因為那柄劍太厲害了……。」

石砥中點點頭道：「晚輩答應一定不用金鵬墨劍，而且我也不可能用它……。」

他頓了頓，道：「因為我不會再來西藏了。」

達克炁微微一笑，道：「未來的事，誰也無法預料，你既然答應我的要求，就一定要遵從它。」

他又咳了一聲，道：「那柄墨劍雖是被城頭上的鵬鳥爪抓住，但是你若隨意拔出，則必會被壓死，而整個城裡的機關都將因此而發動，那時縱然通曉迷陣，也沒有辦法可以自第十三道門中走出來，更不用講取得其他寶物了。」

石砥中哦了一聲，道：「真有那麼奧秘的機關埋伏？」

達克炁道：「博洛塔里為蒙古先知，智慧極高，對於星術醫卜、陣式武功、埋伏消息之術，無一不通，那金鵬之城既是集他智慧之最後傑作，當然奧秘神奇……。」

他摸摸頷下長髯，「你到那城門口時，先將金戈插入右邊匙孔，再將玉戟插進鵬的嘴中，鵬爪一鬆，墨劍自然能夠掉下來，那時你拔下玉戟，便可依照我那本手抄本上的方法進陣。」

石砥中將金戈玉戟放回懷裡，道：「晚輩會記得前輩的吩咐。」

達克炁點點頭，道：「孩子，你去吧，希望你能夠體會佛家的慈悲觀念，瞭解上天有好生之德這句話，儘量少動殺氣。」

石砥中還待說些什麼，但是達克炁卻揮了揮手，道：「不要再說了，二十年來，要數今晚的話說得最多，何不休息休息？」

他偏過頭望著蒼穹，輕嘆一聲，道：「黑夜終於要過去，天快亮了。」

「天快亮了？」

石砥中抬頭望著東邊穹空，只見黝黑的夜幕已經輕揚，淡淡的微曦透出雲層之外，連星星都隱去不少，冷月更往西斜……。

達克炁自袖裡掏出短笛，緩緩地摩挲了一下，嘆了口氣，道：「你走吧！」

他雙手舉起短笛，擫在唇上，細細地吹奏起來。

低幽的笛聲如咽如訴，在這夜盡即將天明之時，聽來更加淒涼。

石砥中的思緒回到了滅神島，回到那老邁而孤寒的天山神鷹身上，也想到那通曉人性的大鷹，撞石殉主的情形……。

不知過了多久，他感到頰上濕潤一片，舉手一擦，竟然是一手的淚水。

笛聲繼續飛揚，石砥中心頭感到一陣沉重的負荷，他輕輕嘆了口氣，道：

「前輩，我走了！」

達克炁點了點頭，緩緩閉上眼睛，仍自不停地吹著短笛，但是笛音已是一變，儘是惜別之意——

石砥中站起身來，抱拳一揖，道：「前輩珍重了！」

他正想躍身下去，驀地轟隆一聲，鐘樓之下突然冒起大火。

轉眼之間，火勢燎空，「劈剝」之聲大響，往上面燒去。

第六章　涅槃升天

一縷縷的煙絲，緩緩地由下往上冒。
漸漸地，鐘樓周圍已泛起一片薄薄白霧。
石砥中抬頭望了望達克炁——
在薄霧籠罩下，達克炁仍自吹著短笛。
笛聲在鐘樓輕輕地迴響。
石砥中為這笛音感動，想陪達克炁再停留一會，即使只是那一會兒也好。
因為他瞭解到，此別，欲相見也難了。
望著達克炁，絲毫不為即將面臨的命運而懼怕，他有些茫然。
「畢剝！畢剝！」
火勢熊熊而上，烈焰跳躍，在這天色微明、晨曦剛起的凌晨中，頓時使得四周的光線大為增強。

石砥中可以很清楚地看到，在鐘樓底下，早已堆起許多柴火，此刻正引動火勢，往鐘樓上燒來。

他怒罵一聲：「這些混帳……。」

笛聲倏地一頓，達克烋皺眉道：「年輕人必須在修養上多下功夫，不要口出不遜之言……。」

石砥中道：「他們竟然想搬柴火將鐘樓燒去，想要燒死我們！難道這還不可惡？」

達克烋微微一嘆，道：「他們堆柴之際，我早已曉得，但是沒想到他們真的敢將這座建造於三百年前的鐘樓燒去，而且還是利用硫磺作引燃之物。」

他身形微動，大杵盪動起來，低沉的鐘聲連續不斷地響了四聲。

低幽繚繞的鐘聲裡，達克烋依憐地道：「二十多年來，我每日撞鐘兩次，眼見它就將毀去，忍不住再多撞幾下，讓整座拉薩城都能聽到這嘹亮的鐘聲……。」

石砥中焦急地大聲道：「前輩，我們快下去吧！火再燒上幾尺，鐘樓便會倒塌了。」

達克烋揮揮手，道：「你去吧，別管我。」

他淡淡地俯首望著下面熊熊的烈火，道：「這鐘樓是用冷杉木蓋成，非要燒到樓頂上，整個鐘樓才會倒塌。」

石砥中吃了一驚，大聲道：「前輩不想下去？難道要讓烈火焚身……。」

達克炁雙手合十，道：「涅槃之時將到，西天極樂之地，萬花美放，花雨繽紛……。」

石砥中大聲喝道：「前輩若不下去，我要動手拉你了。」

達克炁雙眼一瞪，凝望著石砥中。

石砥中深吸一口氣，沉聲道：「恕晚輩放肆了！」

他出手如電，一把便將達克炁左臂揪住，欲待拖他躍下鐘樓，免得被烈火燒死。

達克炁大喝道：「豎子不得無禮！」

石砥中根本就不管他想怎樣，力道一運，頓時就將達克炁的身子提起。

「哼！」

達克炁冷喝一聲，右手疾劈而下，指尖及處，點向他的腕脈，手肘一彎，撞向他的「肩井穴」而去。

手掌掠過空際，去勢迅捷無比，詭異莫名。石砥中悚然一驚，腳跟微移，後退半步，左掌一立，凝聚勁力，疾拍而出。

他這一式攻守俱備，避開對方一肘，和搶先劈來的右掌。

「啪！」的一聲，雙掌相交，發出輕脆的聲響，但是自對方掌上傳來深沉力道，卻使得他手掌一麻，立身不住，連退四步，再也抓不住對方的手臂了。

「喀吱！」一聲裡，樓板被他腳上傳出的勁道踏得碎裂開來，地板之上留下了個窟窿，一腳踏空，他趕緊飛身飄起兩尺，弓身後撤七步。

達克烎雙眉飛起，臉上泛起驚訝之色，讚嘆道：「好快的反應，好厲害的掌法。」

敢情他腳下的樓板也碎裂成片，幾乎陷空跌落下去。

鐘樓一陣搖晃，橫著的大杵被兩股勁道擊得往鐘上撞去，發出「噹」的一聲巨響。

石砥中身形搖晃，突覺胸口一悶，渾身氣血亂竄，雙足頓時一軟，差點跪倒下去。

他心中大吃一驚，深吸口氣，急忙沉氣丹田，緩緩將湧上胸口的血氣壓下。

達克烎一見，詫問道：「你怎麼啦？是不是我傷了你？」

石砥中搖了搖頭：「晚輩原來就負有內傷……。」

他知道在半個月之前，耳聞天龍大帝親自將東方萍許配給西門錡後，自己因為悲痛過甚，而使得渾身氣血浮動，經脈受到戳傷。加之西門熊那等強勁的「冥空降」邪門絕技，使他在第七招之下便身受重傷，差點死去。

「唉！我雖然在萬毒山莊經過了半個多月的調息，但是今晚卻因闖入布達拉宮，碰見這許多一流高手，經過連番的拚鬥，而致舊傷發作。」

他吁了口氣，忖道：「我是不該因得到大漠鵬城之秘而過分欣喜，才激動心神。」

達克烋瞪著石砥中，又一次問道：「你是否引發了原來的內傷？」

石砥中點了點頭，道：「我是被幽靈大帝西門熊打傷的。」

達克烋灰眉一斜，驚道：「中原還有人能使你受傷？」

石砥中深吸一口氣，正想要說出自己還不能算是中原第一高手，但是卻吸到一肚子的煙氣。

他低頭一看，只見火焰快將燒到鐘樓的一半之處，幸好柱子很粗，還沒被燒斷，只是陣陣的黑煙隨風飄了上來，幾乎罩滿了整個鐘樓。

他不禁嗆咳了兩聲，大聲喝道：「前輩，你若再不下去，這鐘樓就將倒下去了。」

達克烋雙掌一合，道：「我就要涅槃了，你快下去吧！」

他略一顧盼，道：「如果你的傷勢不要緊，可以從寺後越牆而出，奔向西南方離去……。」

石砥中沉聲道：「前輩，你真的不管寺裡那麼多僧眾，就此而去？」

達克烋搖搖頭，閉眼道：「我已經無憂無慮，因為我已將鵬城之秘都告訴你了。」

石砥中腦海之中思路急轉，他猛然大喝道：「前輩根本就沒有將所有的事情料理完畢，豈可說無憂無慮？」

達克烋微微一笑，道：「塵緣已了，你怎能說我沒有將事情料理完？」

石砥中大步跨前，一聲大喝，道：「前輩曾答應我師祖，將鵬城之秘解開，交與手持短笛之人，但是今晚我已身受內傷，豈能脫出布達拉宮？這樣一來，金戈玉戟不是要留在寺裡？大漠鵬城再也無人曉得開啟之法了。」

達克烋微微一愕，沉吟道：「哦！你真的不能脫開本寺，那麼我……。」

石砥中迅速地接下去道：「而且前輩尚未將轉世之事說清楚。」

達克烋全身一震，兩眼仰望蒼空，喃喃地說了兩句藏語，突然道：

「達賴活佛曾在大漠中三次轉世，但總是因為轉世靈童是蒙古王公子弟，所以三次都沒有成為真正的下代活佛，一直到現在，他的神靈恐怕還會找不著出生之處。」

石砥中根本就不知道喇嘛教到底是信奉些什麼，對於達賴活佛的轉世之說也弄不清楚，這下只為了想拖達克兲喇嘛離開燃燒中的鐘樓，所以才胡扯活佛轉世的事情。

他一聽達克兲喇嘛說的幾乎是近於神話，但是卻沒想到反駁，隨口附和道：「前輩，那你該保護達賴喇嘛的神靈呀！」

達克兲大吼道：「我該護持他的神靈，免得被大風吹散……。」

他話聲未完，蒼穹中猛然閃過一道爍爍電光，接著一聲震耳欲聾的霹靂，響徹宇宙。

鐘樓一陣搖晃，石砥中大驚道：「前輩——」

又是一道電光閃過，他清晰地看到達克兲臉孔之上，肌肉扭曲痙攣，痛苦地睜大眼睛、張大嘴巴。

他的話還未出口，猛然又是一聲震耳欲聾的巨響，彷彿要將整個大地炸裂似的響起。

傾盆大雨自夜空瀉下，落在鐘樓頂上，一片沙沙之聲，立時簷角雨水潺潺流下。

石砥中大喜道：「這場大雨來得正好，鐘樓不會倒了……。」

他話語一頓，驚叫道：「前輩，你怎麼啦？」

達克烎喇嘛臉色痛苦地道：「是他不許我就此涅槃西歸，所以他才大為震怒，落下大雨……。」

石砥中聽得莫明其妙，愕然問道：「你是說這場大雨是達賴活佛的神靈顯聖所降？」

達克烎點了點頭，喃喃道：「他不許我洩漏天機……。」

「洩漏天機？」石砥中乍聽愕然道：「但這只是一種自然的現象，一場雷雨罷了！」

達克烎搖搖頭，嚴肅無比地道：「從我出生以來，在初春之際，藏土從沒下過一滴雨。」

石砥中只感到全身毛骨悚然，這才領略到喇嘛教的神秘之處，一時之間，怔怔地都說不出話來。

鐘樓底下的火焰被雷雨熄滅，自密織的雨絲裡飄來縷縷黑煙，雨水潺潺，空中密雷如串落地，連續地響起。

石砥中腦海裡不斷地迴盪達克烎的話，在這時，他彷彿直覺這場雷雨是被活佛的神靈所操控，而不是自然現象。

他抬頭望去，只見達克烎合掌趺坐，根根脅骨突出胸前，不停地顫動著，形象很是嚇人。

他忍不住喊道：「前輩——」

達克烎睜開眼睛，道：「你走吧，趁這場大雨離開本寺，我不送你了。」

說完，他又閉上眼睛，喃喃地念著一連串的藏語。

石砥中見到他這個樣子，心中一震，思緒突地想到坐在自己所布的十絕陣裡的上官婉兒來了。

他焦慮地忖道：「婉兒還抱著上官夫人的屍體，在這傾盆的大雨、震耳的雷聲裡，還不見我回來，她豈不是會嚇得要死？」

喃喃不斷的經語，透過沙沙的雨聲，傳進他的耳朵裡，他猶豫了一下，喊道：「前輩……。」

達克烎瞑目趺坐，身形動也不動，對於外界所發生的事情根本就不聞不問，依然在念著經文。

石砥中忖思道：「婉兒坐在大雨之中等我，現在我若再不趕去，那麼她驚嚇起來亂跑，將白費力氣奔走於『十絕陣』裡，那時她找不到路徑，豈不是將更為驚慌？」

他抱拳道：「前輩，在下就此告別。」

他又深深地看了達克烎一眼，輕喟一聲，躍下鐘樓。

× × ×

雨水落在身上，濕了髮髻，他提起一口真氣，躍上大殿的屋頂。

雨水沖瀉著琉璃瓦，瓦上滑不留足，石砥中腳尖才一踏在瓦沿，身形便已一滑，幾乎掉下屋頂去。

他身形一傾，右腳一抬，「喀吱！」一聲，一塊瓦片飛了開去，整個腳背嵌入破洞之中，方始將身形穩住。

他舉起手來，抹了一把臉，忖道：「想不到一時逞強。經過這一夜的連番搏鬥，使我內傷發作，而致只能恢復往日八成功力，唉！但願這場大雨能助我安然逃離布達拉宮。」

剛才那分擊敗三大長老的豪情，此刻俱已消失殆盡，他再也不想放手廝殺一番，只是想到要怎樣帶著上官婉兒，使她安然離開宮裡。

人就是如此，心裡若是一無掛慮，對任何事都可放心去做，但是只要一有牽掛，便會猶豫不定，生恐會有不利的後果，所以也就不能放膽行事。

石砥中身負內傷，加之要將上官婉兒帶出寺外，所以他非常小心地挺立在殿宇之上，靜靜地四下打量著。

這時，整個庭院裡沒有一條人影。

大雨之中，清晰可見高聳的鐘樓那粗大的柱子，已被剛才那場大火燒得焦黑發烏，顯然只要再燒片刻，鐘樓便會倒塌。

石砥中視線掃了一周，依然沒有發現任何人影，他略一忖思，右手伸進革囊之中，掏出五支金羽。

雨水流過額頭，滑下眉毛，滾落在臉頰上，他眨了眨眼睛，擦一擦臉上水漬，往右邊的高大樹叢躍去。

寺裡一片寂靜，他提起精神警覺地躡行於屋宇之上，一直翻過七重高樓，方始見那株高聳的樹木。

望見那些高聳的樹木，他的嘴角泛起一絲淡淡的笑意，忖道：「婉兒現在該不知道有多麼驚慌，恐怕她早已哭出來了。」

一念未畢，眼前突地一花，病僧巴力有似鬼魅般地自左側長簷之下翻躍而起。

石砥中雙眉一軒，只見八個鮮紅的人影，隨著病僧巴力躍上屋頂，分散開來，站在他的左側，肅然地凝望著他。

石砥中腳下斜退一步，將馬步站穩，冷哼一聲，道：「原來你們等在這裡。」

「嘿！」一聲陰惻的冷喝響起。

大袍飛揚，一條瘦癯的人影自右側飛躍上屋，跟著又是八條人影將石砥中右側的空隙堵住。

石砥中雙眉一揚，臉色立時嚴肅無比，寒聲道：「你們果然都等在這裡。」瘦僧魯巴目光中射出一股凶光，陰森森地瞪著石砥中，冷漠地道：「小子，現在便是你斃命之時，此地便是你的斃命之所……。」

他的漢語說來生硬已極，聽來極是刺耳。

語聲未了，突地遠處一聲鬱雷似的大喝，在沙沙雨聲裡傳來；好似一柄利斧劃破穹空似的，震得雙耳欲聾。

石砥中心中一震，猛然側目，只見一個渾身火紅、身形魁梧的年老喇嘛連越四重屋宇，一躍六丈飛射過來，氣勢驚人無比。

「這是庫軍大師了！」一個念頭掠過腦際。

他的眼角瞥處，那十六個中年喇嘛已陡然散開，將他三面空隙擋住。

轉眼之間，那滿臉通紅、雪白長髯的高大老喇嘛已經來到面前。

他來勢迅捷無比，但是飄身落在石砥中身前，卻輕靈有似一片落葉，半空之中陡然煞住身形，紅影一閃，便立在屋簷之上站好。

石砥中一見那年老喇嘛所立的位置，正好將自己惟一可以逸出的空隙填住，顯然這十八個喇嘛所運行的陣式是以他為樞紐。

庫軍大師一抖大袖，宏聲喝道：「你可是在中土大大有名的回天劍客石砥中？」

石砥中嘴角一撇，點了點頭，也宏聲喝道：「你可是本寺住持庫軍大師？」

庫軍臉色一沉，被石砥中嘴角一抹輕蔑的微笑所激怒。

他怒喝道：「你昨夜闖進本寺，白塔師弟可是你殺的？」

「一點都不錯！」石砥中道：「就是你，我也想要會會，看看藏土第一大高手到底是有何高明之處。」

庫軍大師通紅的臉上泛起一層怒意，但是卻仍抑制著，緩聲道：「你到鐘樓之上找達克烝到底有何事情？」

石砥中眼裡射出一股神光，沉聲說道：「你所提的可是昔日將你打得連退二十步的達克烝？我是找他來研究怎樣才可以擊敗你。」

庫軍大師自幼年便入寺修行，內斂修養之功自是不錯，但是他一生之中惟有這件事使他牽掛於心。

一直二十多年來，他都不能忘懷，當年自己身為布達拉宮住持，卻被一個看守藏經樓書庫的達克烝擊得連退二十步。

當時，他被氣得差點吐血而亡。這二十多年來，他苦練武功，已被整個藏土公認為第一高手，但是當年那件事，卻依然使他耿耿於懷。

這下被石砥中一提起，不由得震怒無比，再也抑制不住激動的情緒，怒喝一聲：「天龍在空——」

他雙袖一揚，整個身形飛躍而起，威猛無比地朝石砥中撲來。

剎那之間，那些中年喇嘛交錯讓開，如潮交疊湧來。

第七章　生死同命

石砥中原本就曉得這一十九個喇嘛所站立的方位，是一種極為複雜的陣式，即使以他那等淵博的布陣之學，也無法在一眼之間將這個陣式看透。

所以他腦中意念一轉，立即以言詞刺激庫軍大師，想要激怒他而發動陣式，藉此才可從中看出整個布陣的奧秘之處。

這時庫軍大師飛撲而來，立即將整個大陣展開，四周狂飆齊飛，旋激動盪，往他身上攻來。

石砥中深吸一口氣，身形一斜，手中五支金羽似是花蕊綻放，轉動著金羽而出，往四外射去。

他躬身一躍，隨著金羽射出，劍光閃爍，長虹一道，往庫軍大師攻去。

庫軍兩隻大袖倏然一縮，雙掌揚起，往那支激射而來的金羽劈去。

「咻！」

他掌勁發出，一股尖銳的力道彷彿撕裂空氣似的，迴旋成渦，竟然分出兩股力道，一拍金羽，一攻石砥中。

「噗！」的一響，金羽被擊中，倏地滴溜溜地一旋，升起兩寸，拐一半弧，自掌緣滑入，射向庫軍大師左脅。

石砥中劍刃一絞，擋住那擊向自己的尖銳勁道。

「嗤嗤！」一陣輕響，長劍恍如投入火爐，一股力道擦過劍刃，使他手腕微微一顫。

他左手劍訣一揚，倏化為掌式，勁道一吐，消去那股尖銳的掌力，身形借勢斜移一尺，長劍一指，一式「將軍挽弓」電射而去。

金羽詭異地射到，庫軍大師身上紅袍倏然一鼓，恍如灌進風去，隨著他雙掌一合，緩緩切下，迎著劍尖而去。

「嗤！」的一聲，金羽一觸鼓起的紅袍，去勢微微一頓，依然穿過大袍射進。

石砥中一劍攻出，庫軍已合掌切下。

他眼見對方來勢緩慢，但是不知怎的，劍尖一顫，那合著的雙掌竟已湊上劍尖。

在這剎那，他眼見對方雙手瑩白如玉，在這灰暗的雨天看來，鮮明無比。頓時，他的腦海裡浮起了天龍大帝所擅長的「白玉觀音手」來了。

他大吼一聲，劍光條分三支，搖出一片細碎的光影，氣勢豪邁地疾劈而去。

庫軍大師雙掌一分，右手五指箕張，撲風似的，抓向那顫動的劍影。

他們身在空中，出招迅捷無比，一連三式攻出。

石砥中手腕一沉，劍路一變，削向庫軍腕脈而去。

庫軍大師五指一抓落空，眼前三支劍影倏然化去。

他微微一怔，對方一劍削出，有如羚羊掛角，詭絕奇幻地削向腕脈而來。

庫軍大師雙臂一抖，想要避開這奧秘詭奇的一劍，「嗤啦！」一聲，半隻袍角已被削去。

石砥中一劍得手，正待要連續攻出三招，突地背後掌勁抨嘯旋激，一股巨大的力道已經壓上背來。

他輕吟一聲，身形陡然翻了兩個筋斗，左手反掌掃出，躍出丈外。

身形方落，紅影繽紛，已然交錯攻到。

他心中一凜，悶吼一聲，劍光一道劈出，大開大闔地連攻四劍，劍路雄渾，宛如開山長斧，交劈而去。

劍氣飛旋，掌風呼嘯，身外紅影乍閃，已經被他雄渾的劍式擋在一丈開外，石砥中身形一動，便要搶進空隙站好位置。

「好劍法！」

庫軍大師身形一落，正好將全陣的樞紐補上。

他腳下一移，立時又帶動大陣轉了半圈，方始停下。

石砥中喘了一口氣，收劍護胸，冷哼一聲，道：「好陣法！」

庫軍大師嘿嘿冷笑兩聲，道：「這是藏土飛龍十九變──」

他話聲一頓，臉色微變，右手一拔，將穿過紅袍的金羽拔出。

他略一端詳，右手使勁，將金羽拗成兩截，拋在瓦上，冷冷地道：「好厲害的暗器！」

石砥中肅然捧劍挺立，任憑雨水流過臉頰。

他動也沒動，僅是嘴角抽動了一下，沉聲道：「多蒙過獎，這乃是金羽君成名的金羽！」

他目光一掃，冷哼一聲，道：「各位也請將身上的金羽拔下。」

原來當庫軍大師拔出金羽之際，章魯巴和巴力也都發現自己衣袍上掛著的金羽。

他們臉色一變，齊都伸手拔出金羽，正好是石砥中說話剛完之際，所以看來好像都是聽命拔下金羽一樣。

所以石砥中微微一笑，道：「你門下的弟子都很聽話！」

他這句話是對庫軍大師所說，直氣得他大喝一聲，頷下長髯根根豎起，恨恨地用藏語罵了他兩聲。

石砥中心裡意念飛旋，忖道：「看來剛才在鐘樓之上，我不該以金羽將枯僧格雅陀殺死，以致他們有所提防而穿上冑甲在身，金羽經過掌風撞掃，減弱了勁道，以至不能穿過冑甲將他們射死。」

他雙眉皺了一下，忖道：「而且看這叫什麼飛龍十九變的怪陣，雖然變化多端，奧秘神奇，但尚要由極熟練之人指揮陣式，方始發揮威力，看來我只要傷了庫軍大師……。」

庫軍大師猛然輕喝，身形欺進七尺，瑩潔的雙掌似是白玉般的閃現在石砥中眼中，往他胸前拍去。

石砥中深吸一口氣，毫不考慮地將全身力道都凝聚在一起，運集在長劍之上，一劍急攻而去。

庫軍大師正在震怒之際，雙掌運起藏土絕技「玄玉班禪掌」劈將出去，欲待將石砥中身形擋住，而使他陷身在一十八道勁力的交聚攻擊中，然後再發動第四個變化，將石砥中殺死。

誰知他沒想到石砥中因與幽靈大帝西門熊對抗而傷了內腑，現在只能恢復八成功力，所以當他處於「飛龍十九變」的怪陣之下，不能堅持太久，必急想出破陣之法，故而凝聚功力，欲待速戰速決，脫出大陣之外。

他雙掌一拍，石砥中急速攻出的一劍正好迎上。

「嗡！」

劍刃顫動，發出怪響，一劍劃去，削過兩道尖銳的掌風，正好刺向庫軍大師那有似白玉雕成的手掌上。

「噗！噗！」兩下，庫軍大師雙掌掌心各中一劍，他的掌心中泛起一道紅痕，雙臂被劍上傳來的渾厚勁道一震，盪了開去。

石砥中只覺手上劍尖好似刺在萬年堅岩之上一樣，劍刃一滑，錯開了兩寸，劍尖已經擋不住兩股勁道，「鏗鏘！」一聲，斷去四寸多長。

他腳下的琉璃瓦立即碎裂開來，身形一動，忍不住翻滾的氣血，張開嘴來噴出一口鮮血。

陡然之間，他眼中射出碧綠的光芒，渾身氣血逆著經脈運行，一股怪異的勁道充溢在體內。

他大喝一聲，手中斷劍一舉，齊著胸口一送。

斷刃之處，一圈淡淡的光痕閃起，往庫軍大師胸前射去。

光痕乍閃即滅，庫軍大師大吼一聲：

「劍罡——」

他全身一顫，胸前門戶大開，被劍罡擊個正著，頓時只見他胸前的紅袍灰化而去，裡面的鐵甲龜裂而開，鐵屑粉碎，迸裂四散。

他急喘一口氣，鮮紅的臉色立即變得鐵青。

石砥中狂吼一聲，大旋身，飛左掌，一股腥臊的勁風瀰然滲出。

他在這剎那之間，已將毒門失傳的「毒魔神功」運起，拍將出去。

一十八道勁力凝聚一起，有似群山自空倒塌下來，沉重萬鈞，轟然一聲巨響，石砥中腳下一個踉蹌，幾乎仆倒在滑溜的琉璃瓦上。

他咬緊牙關，腳下一移五尺，剛好湊上剛才庫軍大師所站立的位置之上，帶動著陣式一移，消去許多勁道。

但是掌勁一觸之下，他左掌一顫，整條左臂立時脫臼，直痛得他大叫一聲，自屋脊之處滑落而下。

由於他正好站在樞紐之處，所以他的身形一動，也帶動了整個飛龍大陣齊都隨著他往瓦簷滑去。

就在滑下的須臾之間，他眼光已掃過那些粗壯的樹幹，腦中立時打了個轉。

忍著痛苦，他飛身一躍，自瓦簷跳落地上。

庫軍大師眼見石砥中正要逃走，他再也顧不得抑制舊傷，大喝一聲，雙眼怒睜，右手急拍而去。

雨水之中，他那伸在空中的手掌倏然變大泛成紫色，轟然的氣勁旋激聲裡，石砥中躍在空中的身形一顫，像是斷了線的風箏似的跌落下去。

庫軍大師一掌推出，卻痛苦地呻吟一下，吐出一口鮮血，頷下長髯根根脫落，一屁股坐倒瓦上。

章魯巴和巴力飛身上前，捲起了庫軍大師。

「砰！」

石砥中一跤跌下，順著勢子一滾，在泥濘地上滾得一身的爛泥，由於左臂臼骨脫開，直痛得他渾身打顫，但是濕濕的泥漿卻使他渾身非常舒服。

他躺在地上深深地喘了兩口氣，只覺背心火辣辣的，胸中氣血亂竄，身上經脈已斷去兩根。

石砥中恨恨地忖道：「只要我不死，我要重履此地，將這個『飛龍十九變』一齊破去，殺掉這些禿驢……。」

意念飛轉之中，他突然聽到上官婉兒驚悸的叫聲，猛一側首，只見上官婉兒滿臉惶恐，全身盡濕地站在「十絕陣」裡。

石砥中心頭一動，生恐上官婉兒會因關懷自己的傷勢而亂走，以致被困於陣裡，擾及自己運功療傷。

他深吸一口氣，右腕一托左臂關節，「喀吱！」一聲將脫臼之處接合起來。

這下子痛得他渾身直冒冷汗，和著雨水，也分不清楚是流汗還是下雨，他抹下滿臉水珠，站了起來。

儘管全身骨骼欲碎，他臉上還是露著微笑，高喊道：「婉兒，不要動，我沒什麼！」

上官婉兒尖叫道：「砥中，後面——」

石砥中回頭一看，只見章魯巴和巴力自屋頂現身，手持彎刀，滿臉煞氣地飛躍下來。

他深吸一口氣，大步跨開，自一株大樹邊閃過，踏進滿地的竹箸所布的「十絕大陣」裡。

只見他歪歪斜斜，左三右二的行了幾步，身形一晃，幾乎要跌倒於地。

上官婉兒尖叫一聲，腳步一移，待要跑來將他扶住。

石砥中倏然兩眼大睜，眼中綠光流轉，喝道：「不要動，我沒有關係。」

他全身骨節彷彿已被拆散開來，但是仍舊強自堅持著自己的意志，循著陣式，走到上官婉兒身邊。

上官婉兒滿臉驚恐，愣愣地瞪著他，不知怎樣才好。

石砥中嘴角一咧，笑道：「我不是很好嗎？你又怕什麼呢？」

上官婉兒忍不住哭了出來，道：「我……我擔心死了！」

石砥中臉上泛起苦笑，道：「我曉得你會擔心害怕，但是我卻不能早點來看你，因為我已經得到了鵬城之秘。」

上官婉兒眼裡掠過驚奇之色，叫道：「真的！」

「當然真的！」

石砥中擦了擦臉上雨水，道：「我很高興你能相信我的話，一直坐在這裡沒動，我就怕你會因為忍耐不住而亂跑，迷失在陣裡，而因此驚惶害怕，那麼我就對不起你的母親了。」

上官婉兒肅然道：「我相信你，石哥哥，我相信你說的話不會假的。」

石砥中凝望著她那張秀麗的臉龐，心頭一陣大震，喃喃道：「還有萍萍，她也相信我，但是她……。」

上官婉兒秀眉一揚，道：「萍萍？石哥哥，萍萍是誰？」

石砥中搖了搖頭，嘆道：「往事不說也罷！」

他轉移話題道：「我剛才擊敗了藏土第一高手庫軍大師，他被我劍罡……。」

誰知他話聲未了，胸中氣血正反一衝，登時將胸口堵住，昏死過去。

×　×　×

石砥中嘴角流出一道血水，臉色泛白，俯身一跤仆倒於地。

上官婉兒驚叫一聲，趕忙跪了下來，只見他的背上一道碩大的手印，印痕之處，衣衫齊都爛去。

立時，她眼圈一紅，淚水滾落下來。

她將石砥中的身子翻轉過來，探手一摸他的胸口，才發覺他的心脈竟已不再跳動。

頓時之間，她全身一震，宛如受到雷殛一樣，只覺天地悠悠，自己孤寂而蒼涼地躑躅於荒漠之中，全無可以依靠之人。

她放聲大哭，道：「娘，石哥哥！石哥哥！你也棄我而去……。」

哭聲淒涼無比，在如絲的細雨中傳了開去，頓時滿天愁雲慘霧，更加地使她悲苦地大哭起來。

哭了好一會兒，她的目光呆凝地望著石砥中，緩緩地將他的上身托起，放在自己的膝上。

石砥中那緊閉的蒼白雙唇，有著淡淡的血漬，濃濃的長眉斜飛入鬢，此刻微微皺起，使他英俊的臉龐上有一股說不出的韻味。

上官婉兒癡癡地望著這張臉，剎那之間，彷彿整個宇宙都已不存在，天下只有他和她兩人相處一起。

她根本就沒有感覺到雨水飄落在她背上，也沒有見到病僧巴力和瘦僧章魯巴正妄亂地行走在十絕陣裡的驚惶失措的樣子。

好一會，她喃喃道：「鵬城之秘，鵬城之秘……。」

她突然狂笑，道：「誰若是發現鵬城，便可成為天下第一高手？天下第一？天下第一又怎樣……。」

笑聲一斂，她又輕泣道：「若不是為了那座大漠鵬城，我娘怎會遠遠跑到這裡來送掉性命？石哥哥怎會死掉？」

輕泣聲中，她癡癡地望著石砥中，緩緩伸出手去，撫摸著他冰冷的臉頰，瑩潔纖細的五指輕柔地替他把水漬拭去，生像是怕驚擾他似的。

在她的整個思維裡，石砥中已經被震斷心脈而死，剎那之間，萬念俱灰，只是呆呆地凝望著他，喃喃地呼喚著他的名字。

手指一觸及他的臉頰，一陣特異的感覺自心頭漾起，她那蒼白的臉上立即泛起一層羞怯的紅暈，不由自主地緩緩垂下眼簾，俯下頭去。

她的豐潤雙唇不停地顫動著，緩緩地湊上石砥中緊閉的唇上。

章魯巴和巴力闖進滿地的竹箸裡，眼前便是一花，好似進入濃濃的白霧裡一樣，根本就看不清左右前後。

他們慌亂地奔走著，但是才走了幾步，便互相看不見了，僅是盲目地摸索方向，他們根本就沒看到上官婉兒垂下頭去親吻石砥中。

當雙唇才一接觸的刹那，上官婉兒渾身一顫，兩臂一緊，摟住石砥中不放手。

石砥中毫無知覺，他的唇上冰冷，鮮血的血漬掛在嘴角……。

雨水漸停，好一會兒，上官婉兒才抬起頭來，她臉上的紅暈依然未消，嬌豔的美麗無比。

她兩眼之中射出湛清的光芒，嘴角掛著一絲羞怯的微笑，凝望著石砥中，此刻，彷彿感到他曾對她一笑。

「唉！」她輕嘆口氣，道：「你到底死了沒有？」

她緩緩伸出手去，放在石砥中胸上，卻依然沒有感覺到他的心跳。

立即，她的臉上又泛起淒涼之色，癡癡地道：「你死得好可憐，沒有人陪伴你的靈魂……。」

上官婉兒緩緩移動身子，讓自己的背靠在一株大樹上，然後拿起石砥中手中的斷劍。

她淒然一笑，道：「石哥哥！我就來陪你了。」

上官婉兒依憐地撫摸著他的臉頰，喃喃地道：「從我跟娘第一次到崑崙去時，看見你跟柴倫伯父比武，我便開始喜歡你了，那時你拉著我的手不放我走，直到你被千毒郎君毒功所傷，我不顧自己的去救你，我就已深深地愛上你了……。」

她吁了一口氣，臉上紅暈鮮豔，繼續喃喃地自言自語道：「石哥哥，你知道我自崑崙別後，每天都在想念你，所以終日吵著要出來行走江湖，其實我是想到崑崙去看看你，誰知後來卻在長安城外遇到了你，那時你的身旁有一個女孩子，石哥哥，你知道我是多麼的難過……。」

她的眼眶裡泛起淚光，渾圓的晶瑩珠淚滾了兩下，滑落臉頰上。

她俯下身去，將自己的臉頰偎在石砥中的臉上，輕聲道：「我一直難過了許久，連娘都看不出來，但是她卻因為你兩眼泛綠，像是變成邪門人物而不許我再想你，只害得我偷偷地一個人躲到後山洞裡整整哭了幾天……。」

她淒婉地一笑，道：「誰知昨晚竟會見到你，你仗劍御空而來，真是威風，可惜你來晚了，娘還是救不活……。」

上官婉兒擦了擦臉頰上的淚水，抬起頭來，柔聲道：「石哥哥，你慢點走，我這就來了，我們伴著娘在天上，多麼逍遙自在？再也不要爭什麼天下第一。」

她昂起頭來望了望高聳的大樹，然後目光落在光滑的樹幹上，她的嘴角泛起一縷淒涼的微笑，忖道：「我在樹上刻好名字，還請人家不要將我與他分開，若是要埋葬的話也要葬在一起……。」

她舉起斷劍，在樹上刻了兩行字，然後把上官夫人的屍體拖到身邊來。

她安詳地凝望著石砥中，卻突地發現他的嘴角不知何時又流出一道血漬。

這時雨絲已停，晨曦初起。

清亮的晨光下，石砥中嘴角的血漬鮮紅無比。

上官婉兒垂下頭去，櫻唇微張，印合在他的唇上，輕柔地吻著，她啜下他嘴角的血漬，更深深地吻著他。

石砥中攤開的右手掌，一根小指在晨光下微微顫動了一下。

但是上官婉兒卻仍自深深地吻著他，將自己沉湎在一種神秘的境界裡，一點都沒有覺察出來。

她只想在死前獲得他的疼愛，而根本不再計較其他任何事了。

天下純情的少女，大多不輕易接受男人的愛，但是只要一旦愛上某個人，便會終生不忘，癡情無比。

上官婉兒緩緩抬起頭來，又是滿臉淚水。

她舉起長僅三尺的斷劍，將劍柄對著石砥中，劍刃對準自己左邊胸口，雙手合攏，摟住石砥中的頸子。

只要她一用勁，吻住他時，劍刃便會貫胸而過。

她雙眼凝望著石砥中，雙臂緩緩出力，立時斷刃穿過濕濕的衣衫刺進胸口，一縷鮮血立即滲出……。

第八章　殺氣騰騰

微明的晨曦裡，一道金黃色的陽光透過根根伸進穹空的枝丫，投射在地上的污水裡，閃耀起細碎浮動的光影。

璀璨的光影閃現在上官婉兒的眼中，她的眼眶裡泛現淚影，濕濕的長髮散落開來，貼在蒼白的臉頰上，一直落在仰臥在地的石砥中肩上。

她雙手拿著斷劍，劍刃放置胸口，身形徐徐臥下。

劍鋒劃破她的衣衫，刺在肌膚之上，滴滴鮮血順著雪亮的鋒刃流下，很快地便將她握劍的手染得鮮紅。

她那秀麗的臉上，掠過一個痛苦的表情，但是當她的眼光凝注在石砥中臉上時，她的痛苦彷彿全消。

嘴角漾起一絲淺淺的微笑，她輕聲道：「石哥哥，我這就來陪你了……。」

她那長長的睫毛如扇合起，自眼角滾落兩滴淚珠，身體重重地往下一壓。

「呃！」

一聲痛苦的呻吟裡，她全身抽搐了一下，俯在石砥中身上，雙臂緊緊地摟著他。

鋒利的斷刃透過上官婉兒的身體，自背後穿出，鮮血塗滿了鋒刃之上，紅豔的劍刃，在陽光下放射一股懾人心魄的光芒，滴滴血珠仍不斷自鋒刃上滑落到她背上。

她的嘴唇顫動了一下，吻合在石砥中緊閉的雙唇上，臉上現出了一個淒豔美麗的盈笑，吁了一口氣，便已死去……。

「啊！」

十絕大陣之外，庫軍大師發出一聲惋惜而驚訝的叫聲，他的臉色蒼白無血，但是卻為這種殉情的悲慘壯烈瞿然動容。

他的身旁立著十六個中年喇嘛，齊都兩眼圓睜，臉露驚奇地凝望著那臥倒在血泊中的一對男女。

他們再也不會為茫然慌亂奔走於竹箸裡的病僧和瘦僧而感到驚異了，因為像這種微笑安詳而自戕的情形，在他們的思想裡，簡直是不可想像的，以後在他們一生中也都不會再看到了。

自上官婉兒胸口流下的鮮血，沾濡著石砥中的身子，也染紅了他躺臥的土地上。

微風吹過伸展在蒼穹的根根枝丫，發出格格響聲，這些凝立在十絕陣外的喇嘛，臉上都呈現出悲傷的神色。

庫軍大師嘆了口氣，道：「這種神聖的愛情，真是千古少有……。」

他話聲一頓，似是覺察自己的失言，猛然回過頭來，嚴肅地道：「此間之事已了，你們可以回寺裡去，我的傷不要緊的。」

那十六個喇嘛雙掌合起，一齊應了一聲，然後再深深地望了一眼那摟抱在一起、躺在大樹旁的一對男女，才掉頭走回寺裡去。

庫軍大師回頭望了望那些閃進寺裡的喇嘛，忖道：「我若不將他們調開，等下若不能將章魯巴救出，豈不是大大的笑話？」

他摸了摸胸前裂碎的鐵甲，駭然忖道：「若不是為了防備他的暗器而穿上鐵甲，這下準被他的劍罡殺死了，唉！真沒想到這小子年紀輕輕的會如此厲害，不但武功高強，竟然還會布陣之術。」

他的視線轉到瘦僧章魯巴和病僧巴力身上，此刻，他們也都停止了盲目的奔跑，分在兩邊盤坐於地，好似在運氣凝神，忖想走出十絕陣的方法。

「嘿！」庫軍大師而低喝一聲，自言自語：「幸好這小子已經死在我大手印絕技下，否則將來本寺可不得了。」

他臉上泛起一絲淡淡得意的笑容突然凝凍住了，目光之中滿是驚訝地凝望著躺在血泊中的石砥中。

敢情他看到石砥中張開的雙手，在微微地移動著……。

石砥中移動雙手，緩緩地落在躺在他身上的上官婉兒的屍體上。

駭然之間，他兩眼睜得好大，扭過頭來，「啊！」的一聲叫了起來。

摸著一手的鮮血，他驚愕地側過身子，自地上站了起來。

當他看清楚壓在他身上的屍體是上官婉兒時，不禁大叫一聲：

「婉兒！婉兒！」

微風吹過，上官婉兒已不能回答他的呼喚了。

他全身顫抖，幾乎不相信自己的眼睛，但是事實上，上官婉兒已經用他所留下的一柄斷劍自殺死去了。

「你為什麼要這樣呢？」石砥中喃喃地道：「為什麼？為什麼？」

當他抬起頭來，他的眼中已充滿了淚水，仰首望天，他的嘴角顫動不已，握緊了雙拳，重重揮動著，大聲叫道：「蒼天呀！你可知道她為什麼要這樣？為什麼呢？」

他的目光茫然掠過蔚藍的穹空，想要抓住些什麼，好尋找他的答案。

驀然，他全身一震，向前急跨兩步，雙手緊抓著面前的樹幹，凝望著刻在樹上的名字。

他的嘴唇翕動著，顫聲念道：「不能同年同月生，卻能同年同月死……。」

他揮起袖子擦了擦眼中的淚水，更清楚地看見刻在樹幹上的字跡，念道：「天長地久有時盡，此恨綿綿無絕期……。」

他痛苦地呻吟了一聲，又擦了擦因淚水湧現而使得視線模糊的眼睛，繼續念道：「生不同衾，但願死能同穴，務望永不分離，相依一起，願仁人君子將我倆屍體合葬在一起……。」

他重重地喘了口氣，念道：「死者為石砥中，他是中原第一仁義大劍客，天下第一大情人。上官婉兒絕筆。」

石砥中大叫一聲，吐出一口鮮血，齊都噴在樹幹上，倒濺得他一臉都是。

他兩眼淚水奪眶而出，滿流臉頰，痛苦地道：「婉兒，你為什麼這樣呢？難道你真的以為我死了？你不能再詳細看看我？我只是閉住氣罷了！」

他不知道剛才因為體內氣血正反流動，衝在一起，以致心脈不跳，而使得上官婉兒誤以為他已經重傷死去，覺得人生再也沒有樂趣，才自殺身死。

意念電轉，他只覺自己是罪大惡極，使得這等美麗嬌柔的純情少女自殺身死。

他痛苦叫道：「婉兒，我辜負了你的一番情意，我太對不起你了。」

他臉上肌肉因悲痛而致抽搐，淚水滾滾滑落，大叫一聲，十指一齊插進樹幹。

「是我的罪惡！」他嘶啞地喊道：「是我害了她！」

他只覺胸中煩悶，全身經脈幾乎漲裂開來，大喝一聲，雙臂往上一托，「喀吱！」一聲大響，那棵大樹被他齊根拔起。

泥土飛濺，石砥中雙腳深陷入土中，悶哼聲裡，雙臂用勁一擲。

那株千斤巨木被他神力一擲，直飛出七丈開外，撞在那高達兩丈的牆上。

「轟隆！」巨響裡，牆倒石飛，沙土瀰漫半空，那株大樹方始落在牆外，枝丫架在斷牆殘垣之上。

× × ×

庫軍大師一直站在「十絕陣」外，眼見石砥中「復活」，眼見他悲痛地哭泣，也眼見石砥中拔起大樹擲出牆外。

那種駭人的舉動，使得他心旌搖動，臉上變色，若非親見，真是不敢相信會有人中了自己一記密宗「大手印」而還能夠生還，且還能發出如此的神力。

他驚駭地站著，兩眼圓睜，望著雙足陷入土裡的石砥中。

「哈哈哈！我的功力全部恢復了！」

石砥中發出一陣淒厲的狂笑，倏然轉過頭來。

當他看到盤坐在十絕陣裡的兩個年老喇嘛和呆立在陣外的庫軍大師時，他的臉上湧起一片煞氣，兩眼泛起碧綠的光芒。

他身形一晃，斜斜歪歪地穿入陣裡，連跨四個門戶，來到瘦僧章魯巴身後。

章魯巴盤坐於地，渾然不覺身後有人，他只是在忖想要怎樣才能走出這四處都是茫茫白霧的怪陣。

驀地，他聽到身後傳來一聲陰沉冰冷的低喝之聲。

一驚之下，他原式盤坐不動，身形往前飛了四尺，猛地回轉頭來。

「呃！」他一見滿臉殺氣的石砥中，不禁驚叫了一聲，雙掌飛快地護住胸前。

石砥中眼裡碧光大盛，咬牙切齒地狠聲道：「我要殺了你。」

章魯巴只覺全身汗毛悚立，被對方那種懾人的形象所駭，驚畏地退了一步。

石砥中疾跨兩步，左掌倒拂而出，一股腥臊的勁風漫然瀰起，擊向章魯巴。

章魯巴瘦削的臉頰一陣顫動，雙掌疾拍而出。

「砰！」的一響，他悶哼一聲，倒退了二步，張開嘴來，想要呼叫什麼，但是眼前勁風急銳，石砥中駢指如刀，已經疾劈而下。

他大吃一驚，趕忙身形一側，左掌往上迎去，五指張開，扣向對方腕脈，去勢急速如風。

石砥中原式不動，右手駢指劈下，掌刃一偏，正好劈在章魯巴左掌虎口之上。

「噗！」的一聲，章魯巴拇指折斷，痛得大叫一聲。

石砥中右腕一轉，五指一合，已將章魯巴手臂抓住。

他大喝一聲，進步旋身，右臂一舉，將章魯巴枯瘦的身子高高舉起。

章魯巴心魂飛散，急忙之間，雙足急踢，向石砥中臉上踢來。

石砥中怒吼一聲，張臂一掄，將章魯巴的身子在空中旋起，重重地往下摔去。

章魯巴頭下腳上，一個倒栽蔥，「噗」的一聲，整個光禿的腦袋都沒入土裡。

他雙足一陣搖動，右手一按地面，想要拔出腦袋。

石砥中冷酷地道：「你的命好大！」

他飛起一足，踢在章魯巴胸前，將他踢得飛起三丈，跌出陣外。

庫軍大師眼見石砥中像發了瘋似的，僅僅三招便將章魯巴擒住，往地上擲去。

他想要入陣去拯救章魯巴，但是身形方一移動，他便想到面前這個令人迷惑的竹箸大陣，這使得他不敢再往竹箸裡行去。

他在忖思之際，章魯巴的身子已飛過空中，直往他立身之處撞來。

他急走四步，低喝一聲，伸出手去，抓住章魯巴的身子，想要托住不讓章魯巴跌在地上。

誰知強勁的力道隨著章魯巴飛落的身子撞來，直撞得他立足不穩，後退一步。

他胸口一痛，剛才被石砥中劍罡所傷之處，創口迸裂開來，鮮血立即滲出衣袍。

他心頭大震，沒想到石砥中那一腳會有如此大的力道，他心知受了這一腳是必死無疑，探手一摸，果然章魯巴的胸前脅骨根根折斷，早已斷了氣。

他心中一急，曉得這下陷在竹陣裡的巴力也將不保，抬起頭時，他看到石砥中正待將手劈出。

他右臂筆直劃出一式「將軍揮戈」，掌刃掠過空際，發出輕嘯之聲，迅捷逾電的急劈而下。

病僧巴力剛才連出六招，齊被對方擋住，這時雙掌飛出，卻又被石砥中一式「將軍彎弓」劃在空門之外，眼見石砥中那急速穿過左肘如電劈的一招往臉門劈來，他卻再也閃避不開。

勁風刺面生痛，他駭然叫道：「石砥中——」

石砥中兩眼碧光湧現，那急劈而下的一掌在距離巴力門面不足一尺之處陡然煞住，喝問道：「你有什麼事叫我？」

巴力喇嘛鼻尖冒汗，兩眼望著面前的鐵掌，心裡有一種自鬼門關轉了回來的感覺，一時之間竟忘了回答石砥中的問話。

石砥中怒喝道：「你到底有什麼事？」

巴力喇嘛原先只是想要避免石砥中那凶狠犀利的一擊，而發出一聲呼叫，並沒有什麼重要之事。

這下被石砥中一逼問，腦海之中意念如電光回轉，頓時抓住一條思緒，問道：「達克焘師兄將那譯文與秘笈交與你時，可曾對你說過當年之事？」

石砥中兩道劍眉斜斜飛起，問道：「什麼當年之事？」

巴力喇嘛道：「當年師兄入噶丹寺學習梵文之際……。」

他腳跟一用勁，上身一仰，斜斜倒竄出六尺之外，脫出石砥中掌式威脅之下。

石砥中一怔，立即勃然大怒，暴喝一聲，身形一起，展臂舒掌，如劍削出。

巴力喇嘛大聲喝道：「且慢！」

石砥中冷哼一聲，怒道：「我豈會再中你的詭計？」

他一式劈出，掌緣劃過空際，生出迴旋的氣渦，嘯聲颼颼，威猛至狠的斜劈巴力喇嘛左脅而去。

巴力喇嘛移身回步，大袖展處，袖角飛起，猶如一面鐵板，袖中五指隱約閃現，往對方「臂儒穴」點去。

石砥中低喝一聲，手肘微抬，掌尖發出的部位高出六寸，掃向巴力喇嘛眉心。

他這一式變幻奇絕，有似雪泥鴻爪，羚羊掛角，去勢無跡可尋，確是神妙無比。

巴力喇嘛驚駭無比，右手握拳，往上擊去，左足飛起，踢向對方膝蓋關節而去。

那急旋而起的氣勁撲上鼻來，幾乎將他的呼吸都已閉住，犀利的五指駢合如劍，在他眉心邊緣掃過。

腦門一震，整個頭骨幾乎炸裂開來，他呻吟一聲，差點仆倒於地。

石砥中一式落空，對方那一腳已飛踢而來。

他旋身一讓，滑開五尺，弓身彈起，一式「雷動萬物」揮出。

急嘯一起，巴力喇嘛大聲喝道：「石砥中，你可曉得二十年前天山派曾有人闖入本寺之事？」

石砥中深吸口氣，去勢陡地煞住，詫異地望著巴力喇嘛，道：「怎樣？」

巴力喇嘛暗暗吁了口氣，道：「當年達克烝師兄到噶丹寺苦修梵文，便是預備找出一件有關大漠鵬城的秘密……。」

他話聲一頓，眼見石砥中注意的聆聽，知道自己走對路子了，繼續道：「那時他曾囑咐我，遇有自天山來找他的人，便請他在拉薩城裡等候，而叫我去通知達克烝師兄，果然就在他去噶丹寺的第二年，便有一個年輕人來本寺，要見住持庫軍大師。」

石砥中眼中碧光漸漸隱去，忖道：「這便是天山老人當年闖入布達拉宮之事！」

巴力喇嘛一見對方眼中那駭人的碧光斂去，心裡的威脅解除不少，他暗自抹了一把冷汗，道：「但是他並沒提出要見達克炁師兄之事，只是請求學習梵文，庫軍大師當然不肯，誰知當夜他便闖入本寺藏經樓裡……。」

石砥中冷哼一聲，怒道：「於是你們將他擒住，每一個人在他臉上劃了一刀！」

巴力喇嘛聽出對方話中所含深深的怨毒，不禁暗暗打個寒顫，驚忖道：「想不到這傢伙真是天山派弟子，只不知他怎會有如此強勁的內力？而且好像打不死一樣，受那麼重的傷，這樣快便好了，真是駭人之至，怪不得達克炁說本寺將有大劫難，而活佛遺命也是不得攔阻侵入本寺之人，原來這石砥中真會替本寺帶來大劫！」

他心中驚駭，面上不露聲色，垂眉道：「那時我正好去日喀則有事，趕回本寺時，已經快將四更，所以當我曉得那人來自中原，心知他是要找達克炁師兄的，所以向庫軍大師請求放他離寺，而僅以本寺最輕刑法加以處分，否則他當日便將死去。」

石砥中回憶到初上天山遇見師伯時，見到他滿臉刀痕的情形，不由恨恨地道：「那麼你們何不也將我臉上削成一塊塊的？」

巴力喇嘛忖道：「若是你的武功稍差，而被本寺擒住，還能逃過一死？只是你太厲害了，竟然能脫出本寺鎮山『天龍十九變』大陣，否則庫軍早就將你殺了。」

他尷尬地一笑，沒有答腔，繼續追述往事道：「我在他出寺之後，立即便趕到噶丹寺，將此事經過告訴師兄，誰知他立即趕回本寺，找到庫軍大吵一頓，並在數百弟子之前，將住持打得連退二十步，而致引起本寺的大大騷亂……。」

石砥中冷冷地望著巴力喇嘛，道：「你說這些話的意思，是要我饒你一命？」

巴力喇嘛臉上泛過一絲羞慚之色，道：「我說這話乃是要希望你能記得當年之事，並非錯在本寺，而且你這次來此，還得到那本秘笈，更不該仇恨本寺。」

石砥中冷哼一聲，道：「那你為什麼不在圍攻我之前就先將這話說明？現在我已發誓，無論如何也要將布達拉宮化為平地！」

巴力喇嘛道：「如果你能設身處地想一想，便不會如此了，既然你認為我不對，那麼我不用你動手，我自戕便是。」

此時他心裡湧起承擔一切的意念，大聲道：「只希望你能放過本寺其他弟子。」

石砥中想到上官夫人母女慘死的情形，義憤填膺地道：「不行，我不能放過他們！」

巴力喇嘛一怔，黯然道：「話已至此，我不再多言，希望你能多多考慮！」

他仰首望天，喃喃地道：「我不忍見到本寺遭受大劫，就此先走一步了！」

他閉上眼睛，右掌舉起，反掌便待往自己的天靈蓋拍去。

驀然，石砥中大喝道：「且慢！」

他身如箭矢，飛掠而起，一手抓住巴力喇嘛舉高的右掌，道：「我就放過你這一遭。」

巴力喇嘛睜開眼睛，道：「你既然不准我自戕，便該放過本寺全部弟子才對。」

石砥中冷喝一聲，道：「沒想到你如此的偉大，竟然想為了全寺的生靈而犧牲自己，真是失敬……。」

他話音未了，突地狂叫一聲，雙手掩著小腹，痛苦地蹲了下去。

巴力喇嘛臉上掠過傲然的神色，得意地狂笑道：「小子，你終於中了我的妙計，被我的毒劍刺中，立刻你會中毒而死。」

石砥中雙手捂著小腹，在他丹田之上，一柄藍汪汪的短劍插在上面，泛著寒光。

巴力喇嘛狂笑道：「你沒想到我袖裡會藏著這柄淬毒的短劍吧！嘿！你的

武功縱然厲害，陣法縱然妙絕，但是你的經驗歷練仍不夠，我略施小計便可將你殺死！」

他往前跨了兩步，舉起右掌，瘦癯的臉上出現猙獰之色，揶揄地道：「當你再次投生時，不要忘了在拚鬥中別相信敵人的話，應該保持一點距離，別站得太近了，剛才你距我不足二尺，才會受到我的暗算，被我短劍刺中。」

他話聲未了，也發出一聲痛苦的狂叫，身形一晃，立即掩住小腹蹲下。

石砥中滿頭冷汗，左手掩著小腹，血水縷縷泛出，嘴唇蒼白，臉色嚴峻，緩緩站了起來。

蹲著的巴力喇嘛，丹田之處正插著那柄淬毒短劍，他痛苦地望著石砥中，臉上的肌肉不斷地抽搐。

石砥中微笑地道：「我也該要告訴你一點，有些人是不畏劇毒的，當你再次投生時，不要忘了在拚鬥中應該與敵人保持一點距離，別站得太近，剛才你距我不足二尺，所以才會被我短劍刺中。」

他這些話幾乎都是剛才巴力對他所說的，前後一對照，真使人想笑，但是巴力喇嘛卻笑不出來，他的臉色已經泛起黑色……。

石砥中冷酷地道：「讓我使你減少一點痛苦，送你早點升天吧！」

他右掌駢合如劍，長臂一掠，掌刃劃空急劈而下，擊在巴力喇嘛的眉心之上。

頓時巴力喇嘛大叫一聲，跌翻開去。

在他的眉心，一點暗紅的血液湧現，頭骨裂開，圓睜兩眼，已經倒地死去了。

石砥中向前兩步，右手速揮，將自己小腹附近的穴道齊都閉住，不讓血液流出。

他俯腰拔出巴力喇嘛小腹上的淬毒短劍，望了死不瞑目的巴力喇嘛一眼，冷笑一聲道：「你是不甘心吧？」

石砥中抬起頭來，他心中惘然若失，但是目光瞥處，他卻看到庫軍大師錯愕地站在十絕陣之外。

他的臉上立即現出了怒意，手持淬毒短劍，照著陣法，自陣式中閃出。

庫軍大師親眼望見巴力以詭計在石砥中小腹上刺了一劍，幾乎可以將之殺死，卻不料情勢突然一變，反而是石砥中將巴力殺死。

這種突然的轉變，使得他錯愕地站立著，心中一直替巴力後悔不已，這下眼見石砥中手持短劍像煞神似的衝了出來，心中不由一寒，猶豫了一下，回頭便走。

石砥中閃出十絕陣，臉上滿是殺氣，狠聲道：「你別跑！哼！堂堂藏土第一高手，竟會怕我石砥中？」

庫軍大師腳下一頓，轉過身來，沉聲道：「無知小子，你丹田中劍豈能活命？還敢大言不慚，看來今日我真要將你殺死，你才覺得甘心！」

石砥中體內真氣正反不一，時而順著經脈流動，時而倒逆而行，這使得他的小腹上的劍傷減少甚多痛苦。

他兩眼泛起碧芒，暴射煞氣，懾人心志，冷漠地盯著庫軍大師。

沒有說話，他只是緩緩將短劍舉起，平置胸前，那藍汪汪的劍光，在朝陽下閃耀。

庫軍大師望著對方那碧綠的神光，心裡泛起難以形容的怯意，幾乎想要逃走。

要知武林中人都是很愛惜自己的聲譽，所謂頭可斷、血可流，志卻不可屈。尤其是這等天下絕頂的高手，更是從不會在面對敵手時，表現出膽怯的意念。

因為任何人只要一失鬥志，再好的武功，再高的智慧，也都沒有用了，對敵的結果是必敗無疑。

庫軍大師眼見石砥中在「天龍十九變」的陣式之中，受了那麼重的傷，又被自己在背心「命門穴」上拍了一記「大手印」，以致倒地死去，而使得那個美麗的少女發生殉情自殺的舉動。

卻不料他竟能「復活」過來，而且武功更高，連斃兩大長老，連小腹中了一劍也都無動於衷，這等奇異之事，簡直是超越他的想像之外。

所以他的心裡便已經被這一連串的事件所動搖，而產生了一股怯意。

庫軍大師駭然忖道：「任何人受到如此嚴重的傷都會死去，為什麼他還能活著？這簡直不是人，而是神……。」

石砥中有如鬼魅，全身是血，兩眼泛碧，滿臉殺氣的凜凜站立著。

他將全部精神都貫注在短劍上，腦海之中儘是仇恨。

他喃喃地道：「是的！仇恨！仇恨！我要殺了你！」

庫軍大師灰眉聳起，蒼白的嘴唇微微顫動，他緩緩提起左掌，放在胸前，右手一撩袍角，將掛在腰際的一條銀色軟鞭拿出。

石砥中全身有如繃緊的弓弦，只要略一觸動，便可將箭矢射出。

「啪！」軟鞭舒捲，有如一條銀蛇遊行空中，略一顫動，鞭尾搭在左掌之上。

他持鞭挺立，有如淵立嶽峙，縱然心裡膽怯，但是卻強自鎮定，凝神望著石砥中平舉的劍尖。

真氣上升運行兩匝，一股怪異的力道湧起，劍刃顫起淡藍色波光，石砥中左手兩指一伸，劍訣一捏，往前急跨兩步。

「嘿！」

他一劍劃出，光華燦爛，有如驟雷齊發，劍氣四散開來。

一溜劍光急銳地射出，鋒芒閃爍，劍波生寒。

庫軍大師一抖軟鞭，銀波氾濫，鞭影千重，挾著呼嘯之聲疾攻而出。

「嗤嗤！」劍芒陡然暴漲，劍氣旋激，輕嘯之聲中，石砥中連出兩招劍式。

銀色鞭影略一閃現，立刻便被藍色的劍芒蓋住。

陡然之間，庫軍低吟一聲，紅色人影一閃，返身飛奔而去。

劍光一斂，數截斷鞭寸寸掉落。

石砥中大喝一聲，身形平飛而起，雙手捧劍，緩緩地往前一送。

一圈璀璨的劍痕閃起，自劍尖之上跳動而出，往庫軍背後射去。

光痕一現即滅，庫軍大師的身形一個踉蹌，吐出一口鮮血，僅微微一頓，仍然往前飛奔而去。

他的背心之上，紅袍灰化而去，鐵甲碎裂開來……。

石砥中重重地喘了口氣，頓足懊悔道：「唉！我沒想到他沒脫下鐵甲！」

他也不管滿頭汗珠迸現，提起短劍便待追趕而去。

「噹——」

一聲沉幽的鐘聲響起，撞擊在他的心坎。

石砥中全身一震，神智頓時為之一清，一個意念掠過腦際，忖道：「我現在身負重傷，再也不能發出劍罡，若是等全寺的人都已出來，豈不是死路一條？這個仇我還是留待以後再報吧！」

他仰首望了望燒焦大半截，卻仍然高聳入雲的鐘樓，輕聲道：「再見了！」掉過頭來，他擦了擦汗，大步跨進十絕陣裡，走到上官婉兒臥倒之處，將短劍往地上一插。

看到上官婉兒如白玉似的臉上那一抹淒厲的笑容，不由得悲從中來，他嘆了口氣，輕聲道：「婉兒，我對不起你，但願你能夠安息。」

他看到她胸前已凝結的血液，和那柄斷去鋒刃的長劍，忍不住又掉下淚來。

淚珠滾落下，他蹲下身去，托起上官婉兒的上身，凝眸望著她那如簾的長長睫毛，和那毫無血色的嘴唇。

他輕輕地道：「婉兒，你太癡情了，但是我一直都沒有領悟到你這份堅貞的感情，也沒有給過你一絲愛情，雖然我是愛萍萍，但是現在容我吻一吻你吧！」

他垂下頭去，溫柔地吻著她的兩片嘴唇，輕輕地，生恐驚醒了她似的。

冰冷的雙唇，使得他全身輕顫了一下，但是他的淚水卻更是如泉湧出，灑落在上官婉兒的臉上。

停了好一會，他才抬起頭來，擦了擦淚水，左手挾起上官婉兒，右手挾起上官夫人，走出陣外，飛身躍上斷牆，踏在那棵被他擲出牆外的大樹幹上，消失在牆後。

「噹！」鐘聲悠揚地飄落在空中，似是在與他送行。

鐘聲漸杳……。

第九章 千頭萬緒

塞外的春天，狂風依然呼嘯，蒼涼的漠原上，黃沙無垠，遠處天地混沌一片，漠野空曠，沒有一絲人影。

這時已是午後，遠處的沙石裡，出現一騎鮮紅如血的駿馬，如飛般急馳而來。

恍如天馬行空，那匹紅馬在漫漫黃沙上，迅捷逾電，連灰塵都未帶走，四蹄飛揚中，轉眼便奔至眼前。

「嘿！」一聲長長的吆喝聲中，那紅馬急速奔馳的四蹄陡然一煞，嘶叫聲裡，便已立足不動。

石砥中輕輕拍了拍紅馬的長頸，柔聲道：「大紅，這些日子可苦了你。」

他抬起頭來，望了望灰暗的蒼穹，長長地嘆了一口氣，滿是風塵的臉上，憂鬱之色更加濃了。

他雙眉微皺，忖道：「這些日子，馳過千里路，我到底還是不能抖落心頭的憂傷，總是茫然一片，不知要怎樣才好？」

他想起將上官婉兒的屍體與她母親上官夫人一併買棺，停靈在玉門關的一座觀院裡的情形。

那時，他心中痛苦無比，因為他，使得一個純潔真摯而多情的少女喪失了性命。

雖然那只是由於上官婉兒的一時錯覺而自殺身亡，但是他卻不能不引咎自責，這完全是他情感不專所致。

唉！她只要稍等片刻，我胸口氣血化散，心脈便能跳動，她就不會自殺了！

石砥中伸手理了理鬢角的亂髮，嘆了口氣，忖道：「這都是命運在捉弄人！」

他落寞地垂下頭來，將自己的臉埋在雙掌之間，好一會方始抬起頭來。目光掠過茫茫的漠野，他喃喃道：「萍萍就在這片沙漠的另一端……。」

思緒回轉，他痛苦地搖了搖頭，大喝一聲，左掌一拍，紅馬長嘶一聲，立刻灑開四蹄，飛奔而去。

石砥中恨恨地忖道：「我不願再見她了，我要離開她遠遠的！」他握著拳頭在空中飛舞，喊道：「我不願再見她了，我要離得她遠遠的！」宏亮的聲音在空曠的漠野裡傳得老遠老遠。

他頹然放下雙拳，輕聲道：「因為她已經許配給別人了！」濃郁的憂鬱湧上心頭，儘管大風拂動他的衣袂，卻依然拂不掉他心中的憂鬱。

紅馬似是知道主人的心緒，奔得更加快速，宛如騰空凌虛、躡風飄飛一樣，越過無數沙丘，來到了一片草原之上。

眼前蓑草連天，地勢平坦，沙礫漸少，已可望見褐色的泥土。

石砥中深吸口氣，雙足輕輕夾了夾，座下紅馬立即又緩了下來。抬頭望去，不遠之處，一道灰黯的城牆蜿蜒開去，宛如一條巨蛇，伸延至無垠。

「萬里長城到了！」

他摘下頭上的寬大草帽，重重地抖了兩下，似是要將滿身的憂鬱抖落似的。

但是當他愈是接近長城時，他心裡的意念卻愈是凌亂，有似那古樸的城牆上一條條細細的裂痕，再也搞不清到底有多少複雜的念頭。

眼前的景色，蒼茫荒涼，宛如深秋，根本就不像是早春二月的景象，這更加深了他的難過。

紅馬急嘶一聲，突地四蹄飛馳，縱上了城樓。

石砥中微微一驚，喝道：「誰叫你縱上城樓的……。」

他話聲未了，突然全身一震，只覺眼前的墩臺甬道雉堞石欄，齊都熟悉無比，往日留在腦海中的印象，全都浮現眼前。

他記得當日遠上崆峒之後，便曾從涼州來到萬里長城，那時他正要趕回居延。

誰知進入沙漠之後，卻迷失了路途而闖入天龍谷。

就是在那天，他初次遇見了東方萍。

她全身赤裸，緩緩地從湖裡走出，黑長的髮絲上沾滿晶瑩的水珠，如玉般的肌膚上沾著粉紅的花瓣。

當時他目瞪口呆，驚愕地望著那聖潔而美麗的胴體，直嚇得不敢再多看一眼，慌忙地回過頭去……。

回想起來，就宛如在眼前一般，他的嘴唇泛起了淺笑，自言自語道：「萍萍好天真，根本就不知道我是誰，見我沒有說話，卻以為我是啞巴！」

一陣乾燥的大風吹過，他悚然一驚，自幻想中醒來。

頓時，他記起東方萍已經是西門錡的未婚妻子，這使得他臉上的淺笑凝住了，換上的是一種痛苦的表情。

他忖道：「我已經說不要再見到她，但是卻偏偏要想起她，難道我真的忘不了她？」

一時之間，舊情新怨，矛盾而複雜的情感，在心頭翻滾不已，久久未能釋去。

望著蒼涼的雲天，淒涼的漠野，他記起了一首詞，不由得輕聲低念著：「過盡遙山如畫，短衣匹馬，瀟瀟木落不勝秋。莫回首，斜陽下。別是柔腸牽縈掛，待歸才罷，卻愁擁髻向鏡前，說不盡，離人話。」

話音低沉而蒼涼，他咬了咬牙道：「從此以後，我絕對不見萍萍了，免得一天到晚為情而愁，不能自已；連要到蒙古去的心情都沒有了，怎能取得鵬城之秘？」

他一帶轠繩，紅馬奔馳在長城之上，徑往東邊而去。

×　×　×

蜿蜒而去的萬里長城，無限的延長，伸展至天邊的另一端，伸展至茫茫的雲天間，雄偉而壯麗。

紅馬飛馳，愈往前行，石砥中愈是為萬里長城的偉大而感慨。

他忖道：「當年秦始皇為了防禦北方入侵的匈奴，而動員無數工役，建築了這長達數千里、跨越數省的長城，當時拆散了多少家庭，弄得天下人心思亂，秦室傳二世便已覆亡，現在看來真是很難說建築長城是對抑或是不對。」

就在他興起無限感慨中，紅馬已奔過數十里，眼前墩臺高聳，上面立著一條紅色人影。

在甬道當中，一騎淡紅的胭脂馬正自伸長頸項，不停地搖動著。

那個人穿著紅色的衣衫，站在石墩之上，仰首望向北方的無垠漠野，身形如山挺立，任憑強風吹起他的衣衫，卻是動也不動。

石砥中忖道：「這人大概也是個風雅人士，所以站立在長城之上，憑弔這古樸的長城。」

因為那人是負手而立，背向甬道，是以石砥中只見到他的背影甚是飄逸，卻沒見到他的臉龐。

紅馬急馳，轉眼便已馳到那座墩臺之下。

那匹胭脂馬擋在甬道之上，石砥中皺了下眉頭，雙手一拉韁繩，紅馬長嘶一聲，騰空躍起，越過那匹胭脂馬，往前飛馳而去。

蹄聲急響，駿馬長嘶，那站在墩臺上的紅衫人聞聲側首。

當他望見石砥中騎著紅馬飛馳過去的背影時，全身一震，驚呼道：「是他——」

他大叫道：「石砥中！」

話聲未了，他飛身躍上胭脂馬，吆喝一聲，急馳過去。

石砥中耳邊聽得一聲呼喚，他愕然回頭，只見那剛才負手站在墩臺上的紅衫人已經騎著胭脂馬追趕而來，他趕忙將紅馬勒住。

紅衫人一見石砥中回頭，忙叫道：「石砥中，是我！」

石砥中見那人頭戴一頂氈帽，面貌清秀，看來眼熟得很，不由暗忖道：「這人連名帶姓的叫我，顯然是與我認識，但我對他並不熟悉，卻覺得他很面熟……。」

忖思之間，那紅衫人已騎著胭脂馬趕到面前。

他滿臉都是欣喜之色，興奮地道：「石兄，沒想到會在這裡與你見面。」

石砥中見那紅衫人眉目如畫，臉上泛紅，微微地喘著氣，一股幽香撲上鼻來。

他雖覺那人極為眼熟，但是一時之間卻想不起來，仔細一看，只見那人臉上竟然敷著一層淡淡的香粉。

他暗忖道：「我何時又認得這個胭脂氣如此濃的男人？怎麼一點都想不

起來？」

那紅衫人見石砥中凝神望著自己，炯炯的目光盡是疑問，不由得臉上一紅，輕笑道：「石兄，你不記得我了？」

石砥中見對方一笑之間，露出雪白如玉有似編貝的牙齒，眼波流動，笑靨迷人。

他心頭陡然一跳，尷尬地道：「兄臺看來面熟得很，只是一時記憶不起，尚請原諒。」

那紅衫人噗嗤一笑，將頭上氈帽摘下，左手一拔插在頭上的玉簪，髮髻散落開來，濃濃的長髮流瀉而下，披散在背上。

石砥中沒想到那紅衫人竟是女扮男裝，他一陣錯愕，立刻便認出她是誰。頓時，他驚道：「是你？」

那紅衫女臉上掠過一絲幽怨的神色，道：「是我！我到過崑崙去找你，一連三次都沒能見到你……。」

石砥中驚愕地道：「何小媛，你找我幹什麼？你……你還趕上崑崙去？」

何小媛似是沒想到石砥中如此反應，她的臉色頓時一變，淒怨地凝望著石砥中，幽幽地道：「我要謝謝你在滅神島沒有將我殺死，還為我療傷……。」

石砥中雙眉一皺，道：「就這點小事，你便從滅神島渡海而來中原，而且跋涉千里找上崑崙……。」

他話聲一頓，問道：「哦，你上崑崙之際，有沒有干擾到我師門兄弟的清修？」

何小媛搖了搖頭，道：「我第一次上山時，由一位叫靈木的和尚接見，他告訴我，掌門人正在坐關，而你不在崑崙，所以請我下山。」

她掠了掠垂額的秀髮，繼續道：「我因為不相信你不在崑崙，所以當晚便闖上崑崙，想要找你……。」

石砥中勃然怒道：「你怎可如此膽大妄為，夜闖崑崙？」

何小媛秀眉皺起，幽怨地道：「你……你怎麼這樣絕情？」

「絕情？」

石砥中幾乎要自馬上跳了起來，他想要說：「誰與你有情！」但是卻被何小媛那動人的幽怨所動，心裡一軟，僅是深深地嘆了口氣。

何小媛也微嘆口氣，凝眸望著石砥中，眼中放射出溫柔癡情的目光，有似千縷情絲，往他身上纏去。

石砥中心頭一動，心旌搖曳，不可自已。但是他立即便記起何小媛得自滅神島主的傳授，擅於「迷神大法」，能夠惑人心志，所以他心中一凜，立即轉過頭去。

何小媛嘴唇一陣顫動，囁嚅地道：「你……你這麼討厭我？」

石砥中轉過頭來，淡然道：「島主，你長得如此貌美，豈會有人討厭你？」

何小媛破顏一笑，道：「真的？你真的不討厭我？」

石砥中見她僅為自己一句話而發生歡喜與難過的情緒，他心頭一震，忖道：「上官婉兒已經為我而死，我不能由於一時不慎，再惹情絲上身了，加之她是我天山派的大仇人滅神島主之女，仇怨早結，我不報仇已罷，難道我還能愛上她？若非我要曉得崑崙之事，我現在就應走了，因為她是我的敵人，卻拿我當友人看待，才使我更加摸不清楚……。」

他輕咳了一聲，道：「姑娘，你當夜闖上崑崙玉虛宮，可曾傷害到誰？」

他知道崑崙除了掌門之外，無人是何小媛的敵手，所以有此一問。

何小媛眨了眨眼睛，道：「那些和尚都是你的師兄弟，我怎會傷害他們？」

她頓了一頓，又道：「真想不到你在崑崙派的輩分如此之高，竟然是掌門人的師弟，當夜我上崑崙時，沿途遇見了三個和尚，要攔阻於我，但是都被我闖過了。」

「一直進了二殿，我才遇見一個名叫墨羽的年輕人，他手持一柄長劍，與我對敵了四十多招，終被我的綠竹擊敗。」

石砥中哦了一聲，道：「墨羽竟能敵得住你四十招，看來他的劍術是精進不少。」

何小媛噘嘴道：「我若不是早先與你三個師兄連拚三百招，他豈能與我對敵四十招？」

她睨了石砥中一眼，繼續道：「他被我擊敗後，曾問我上山的目的，並要告訴我你的行蹤，但是我還不及回答他的話，便已被寺裡的和尚圍住。」

石砥中兩眼圓睜，驚問道：「你沒有開殺戒吧？」

他深吸口氣，開始戒備著，兩眼全神凝望著她，欲待看她到底是敵還是友。

何小媛深情地望了石砥中一眼，道：「就在那時，你的大師兄，崑崙掌門本無大師出關了，他只說你並沒在山上，立即便命全寺僧人退回房舍裡，讓我一人獨自留在庭院之中，當時我……。」

石砥中見她話聲一頓，竟然沒有繼續說下去，他問道：「掌門師兄曾與你說過什麼嗎？」

何小媛搖了搖頭，道：「他將全寺僧人遣散後，便盤膝坐在石階之上，問我可是來自海外，我還以為他曉得我的來歷，誰知他卻是誤以為我是施韻珠呢！」

石砥中吃了一驚，道：「施韻珠？施韻珠又怎麼到了崑崙？」

何小媛問道：「當日施韻珠與你同去滅神島，後來被你救走，這些日子不是與你在一道？」

話中隱含強烈的妒意。

石砥中雙眉一皺，道：「當日在地道中，她被你所傷，後來我將她救走，交與她的大舅，便沒有再見到她了，怎麼你說與我一道呢？」

何小媛一見石砥中薄有怒意，臉上反而露出笑意，她忖道：「我只要曉得你對施韻珠沒有感情便行了，至於千毒郎君單方面承認那件婚事又有何用。」

她的面上笑意濃郁，漸漸泛起流瀲的柔光，嬌靨如花，櫻唇微啟，不斷地翕動著，鮮豔欲滴……。

第十章　落花有意

石砥中被她那嬌柔的笑容，挑逗得心裡癢癢的，臉色紅暈恍如酒醉。

何小媛掠了掠髮絲，柔聲道：「你既然不喜歡她，到底喜歡誰呢？難道還喜歡天龍大帝的女兒東方萍？她已經是西門家的媳婦了。」

石砥中全身一震，腦海中浮現起東方萍哭喊而去的情形。

他痛苦地呻吟一聲，右手疾伸，如電發出，將何小媛左臂扣住。

他怒問道：「你怎麼曉得此事的？」

何小媛雙眉微蹙，嬌呼道：「你輕一點，扣得太重，我的手臂好痛……。」

石砥中冷哼一聲鬆開右手，肅然道：「希望你不要再對我施出『奼女迷神大法』，現在我是不會再著你的道兒了！」

何小媛委屈地道：「誰又施出迷神大法來著，我現在又不想迷你……。」

石砥中臉上一紅，忖道：「她恐怕是習慣的關係，所以與人說話、舉止，都不由自主地流露出這種冶豔的笑容，而奪人心魄，搖搖欲飛，看來我是錯怪了她！」

他歉然地笑了笑道：「我很抱歉言之不當，尚請你原諒。」

他乾咳了一聲，又道：「你怎麼曉得東方萍要嫁給西門家？」

何小媛嘟起了紅潤的櫻唇，輕哼一聲，道：「自我跨進中原以來，便聽到整個中原武林都流傳此事，天龍大帝與幽靈大帝結親，幽靈門以雁翎權杖，驅使九大門派為幽靈大帝效力，儼然已經是天下武林盟主了。」

石砥中悚然一驚，忖道：「沒想到我去西藏僅一個月，江湖上便演變成這個樣子，只不知道崑崙是不是也聽命於西門熊？」

何小媛見石砥中在沉吟不語，還以為他是因為心裡悲傷而沒有說話，她暗暗嘆一口氣，忖道：「真不知他竟是如此的深愛著東方萍，但不知她為什麼不反對幽靈大帝提的親？他可是對她鍾情得很哪！」

石砥中深深地為江湖上的變亂而擔憂，他嘆了口氣，道：「那事不要管它，你且告訴我當夜你與我掌門師兄相見之事，他為什麼要提出施韻珠來？」

何小媛目光一轉，道：「你現在要到哪裡去？我們何不下馬，坐在石墩上談話？」

石砥中略一思索，便隨著何小媛也跳下馬來，走到牆邊的石墩上坐下。

何小媛掠了掠長長的黑髮，輕笑地坐在石砥中身旁，然後才緩緩道：「那時我面對本無大師時，沒想到他會提及施韻珠的名字，所以微微一怔，趕忙加以否認，本無大師的臉色沉重，也沒說什麼，僅是告訴我，叫我在見到你時，希望你回崑崙一趟。」

她將垂散的黑髮挽到胸前，輕輕地梳弄著，目光一動，便凝注在石砥中臉上。

她肅然道：「你是否答應要娶她？」

石砥中驚異地道：「誰？施韻珠嗎？我一生做任何事，從不亂說話，答應之事，絕對承認，但是我從沒答應要娶她！」

何小媛訝然道：「但是千毒郎君丁一平卻將施韻珠帶往崑崙去找你，他硬說你答應娶施韻珠為妻，所以他要將施韻珠送上崑崙與你成親。」

石砥中冷哼一聲，道：「真是荒唐！」

何小媛道：「對於這事，本無大師因為不明內情，所以不敢驟然承認此事，只推託時間，約好三月之內，將由崑崙門徒將你找到，與千毒郎君當面談好。」

石砥中雙眉緊皺，問道：「後來呢？」

何小媛道：「就在本無大師告訴我這些話之後，崑崙山下又有人闖上山，口口聲聲說要見你，所以我也辭別而出，想看看到底會是誰來找你，誰知在我下山之際，卻發覺那是一個女人！」

「一個女人？」石砥中嚇了一跳，道：「又是誰？像你一樣，連夜闖上崑崙去找我？」

何小媛微微一嘆，道：「我真不曉得你怎會又認識了死去的羅公島主的孫女羅盈，她的弟弟羅戟在海南島親受無情劍何平與破竹劍竺化的訓練，欲要學好劍術找你報仇，他的姊姊卻跑到崑崙去找你，看來你真是天下第一風流人了……。」

石砥中喝道：「你別胡說，什麼天下第一風流人。」

他只覺心裡鬱悶無比，雙眉一軒，沉聲說道：「你若願告訴我下文，便趕快說出，否則的話，我也不願再聽了。」

何小媛猛地一怔，愕然望著石砥中，只見那英俊的臉龐上，帶著薄薄的一層怒意，她泫然欲淚，道：「你這樣對我……。」

石砥中吭都沒吭一聲，站起身來，便要飛身躍馬。

何小媛伸出手拉著他的衣襟，道：「你不要走，我立即將後來情形告訴你。」

氣發了。」

石砥中吁了口氣，轉過身來，道：「我心裡煩悶無比，你不要惹得我的脾

何小媛輕輕嘆了口氣，道：「我只要一聽見其他女子與你有關，心中便是難過無比，生像有人拿刀子在我心上割了一刀似的……。」

她的話說得已很露骨，石砥中不由得大吃一驚，肅然道：「何姑娘，老實說，在下一生只愛過東方萍一人，我將我全部感情都交給她了，不可能還會愛上其他女人，現在她縱然嫁給西門錡，我也……。」

他話聲一頓，心中掠過一個念頭，有似電光火石般的在他心頭一亮，他大聲道：「我知道了，西門熊為了怕天龍大帝以後悔變，所以到處散播與東方剛結親之事，刻意渲染一番，使得整個武林都認為他們的婚事已成定局了，天龍大帝為了他的崇高聲譽，一定不會退婚，若是將來退婚時，西門熊有天下武林為精神後盾，加之他的詭奇莫測的幽靈大陣，足可到時與東方剛一拚，哼！好厲害的西門熊！」

何小媛一聽他的話，細細一想，不由得淒然一笑，忖道：「他還是深愛著東方萍，絲毫未減，看來我的心血是白費了！」

石砥中自言自語道：「只要我不死，我一定要想辦法重挫西門熊。」

何小媛輕哼一聲，道：「幽靈大帝的武功已到神化的境界了，豈是你能匹

敵的？」

石砥中猛然側目，只見何小媛一臉的不愉之色，他這才記起自己整個精神都放在東方萍身上去了，忘記何小媛正與自己同坐在長城的墩石上。

他哼了一聲，道：「現在就算我敵不過他，但是三年之後，他便不會贏我太多了。」

他啞然一笑，道：「這事說他作什，我只須要知道崑崙山上之事。」

何小媛儘量抑住心裡的不高興，繼續道：「我當夜下山時，羅盈單劍一人也在那時上山，當時我本想問一問她怎會認識石砥中，但是因為崑崙全山都震動，所以我也就沒有多問她什麼，一徑下山而去。」

她微微一頓，又道：「由於墨羽曾說知道你的行蹤，所以我第二天一早，便又持著拜帖登山，就在我行到半山之際，眼見施韻珠和千毒郎君走在前面……。」

她吁了一口氣，又道：「你可知道，那千毒郎君是什麼樣子？全身碧綠，長髮如鬃，瘦癯的兩手全是青筋，他耳朵靈敏無比，我距離他們尚有六丈，他便已發現我在後面跟蹤，而驟然回過頭來……。」

她臉上泛起一絲難言的表情，道：「他回頭之際，我親眼望見他臉色鐵青，目光碧綠，尤其他碧綠的目光裡更是包含濃郁的殺意……。」

石砥中嘆了口氣，忖道：「他的毒魔神功練成了，看來是真想找我一拚！」

何小媛繼續道：「就在他一回頭之際，突地山上傳來一陣悅耳的琴聲，半山的碧落亭裡坐著一個全身紅袍、白髮長髯的老人……。」

石砥中一聽，脫口道：「那是七絕神君！」

何小媛兩眼睜大，道：「我當時看他威武絕倫，氣勢雄偉，像是一派宗師的樣子，原來果然是三君之首的七絕神君……。」

石砥中微笑道：「我已一年多沒有看見他了，想不到真的是還在山上，這下千毒郎君丁一平可碰上對手了。」

何小媛道：「千毒郎君一聽那琴聲，便趕快叫施韻珠下山，他話中之意是七絕神君的琴聲能夠傷人肺腑。」

他話聲未了，耳中突地響起一陣蹄聲。

何小媛咦了一聲，道：「誰還會到這兒來？」

石砥中抬頭一看，只見三騎快馬迅捷而來。

他目光銳利，一眼便望見那三個人的面貌，頓時臉色一變，脫口道：「西門錡、東方玉……。」

何小媛站了起來，道：「哦！錡玉雙星來了，那第三人是誰？」

石砥中道：「西門婕——」

× × ×

三騎快馬自東方城樓角道上飛奔而來，蹄聲之中可聽到西門婕嬌笑之聲。

她領先急馳，將東方玉和西門錡拋在後面，只見她上身伏在馬背，整個身軀和馬背都貼在一起了。

東方玉大叫道：「婕妹，你慢一點，就算你贏好了。」

西門婕嬌笑一聲，回過頭去，笑道：「你們追不上來便認輸了，堂堂的男子漢怎麼一點都不想爭取第一。」

西門錡大喝道：「婕妹，你前面甬道有馬，快緩下來。」

西門婕笑道：「你們比不過人家，想要施詭計。」

「呃！」

她驚叫一聲，雙手使勁將韁繩拉緊，立時駿馬人立而起，長嘶一聲，幾乎將她拋下馬來。

她順著巔簸之勢，立即跳了下來。

她驚魂甫定，一眼瞥見甬道中間的兩匹馬，不由怒喝道：「是誰將馬放在甬道中間？」

當她看清楚那匹全身血紅的汗血寶馬時，頓時臉色一變，驚呼道：「石砥中，那是石砥中的汗血寶馬！」

東方玉大喝一聲，身形逾電，自馬背上躍起，在空中躡行三步，落在西門婕的馬前。

他目光一移，立即便瞥見坐在石墩上的石砥中和何小媛，剎那之間，他臉上現出了恨意，冷冷地道：「石砥中，想不到在這兒見到你，真是天大的不幸。」

西門錡狂笑一聲，躍在東方玉身旁，揶揄地道：「我們石兄真是雅興不淺，豔福高照，有美人陪伴，來到這名垂千古的萬里長城上來談心，這種豪興也真可傲視天下了。」

石砥中一見西門錡，便好似遇見了不共戴天的大仇人，怒火中燒，殺氣湧上眉梢。

他冷漠地道：「你還敢見我？」

西門錡嘿嘿一笑，道：「石兄一代英豪，真個是不死之身，這下能見到你，也真是小弟我的榮幸，為何不敢見你？」

石砥中臉色泛紅，恨聲說道：「今天看你能逃得過我的手掌之下？現在多笑笑吧，等下連哭都哭不出來了。」

西門婕癡癡地望著石砥中，這下見他們針鋒相對吵了起來，皺了下眉頭，道：「哥，你別吵好吧！」

她朝石砥中微一斂衽，道：「石公子，別來可好？」

石砥中舒了口氣，目光凝注在她那如劍的濃眉上。

此時，他有著無限的感慨，略一頷首，自嘲地道：「西門姑娘你好，在下託福，沒被令尊打死，也活得不壞！」

東方玉怒喝道：「混帳，你怎可對婕妹如此說話！」

他話聲未了，一道碧綠的光影顫起。

何小媛手持竹杖，點向東方玉「啞穴」之上，她冷笑道：「你的嘴巴太臭了，該閉上你的臭嘴！」

東方玉後撤半步，五指疾伸，覷準來勢，往擊來的竹杖抓去。

他去勢迅捷，火候拿捏得極準，誰知指尖才一觸竹杖，杖尾一旋，劃了個小弧，往他虎口擊去。

他咦地一聲，掌緣一斜，手腕往上一頂，撞在竹杖之上。

何小媛手腕一顫，上身一晃，退了一步。

她臉色陡地一紅，嬌叱一聲，猱身而上，竹杖橫掃而去，油然片片杖影，輕咻聲裡，杖尖攻向東方玉「乳根」、「靈臺」、「鎖心」三穴。

她這一式奇幻詭絕，去如驚鴻，杖影飄忽，連攻三招。

東方玉悚然一驚，似是沒想到這穿著男人長衫的美麗少女，會有如此神秘的絕技。

他雙足連退兩步，避開那連環三丈，雙掌一分，深吸口氣，交互揮出。

他這一套掌式使來，時而挾著五指倒揮之式，輕靈飄忽，詭異奇幻，與何小媛的那路杖法恰好相當，剎那之間，只見人影翻騰，恍如飛花落葉，野鶴閒雲，動作優雅之至。

石砥中曾經眼見東方萍施出這「蘭花拂穴手」，當時那種閒逸的神態，的確是令人神往不已。

這下眼見東方玉施出同樣的功夫，他略一觀看便曉得儘管東方玉功力較高，卻不能充分領略這種「蘭花拂穴手」的神韻。

他忖道：「只要何小媛能逼得他無法更變掌法，三十招內，東方玉一定不會佔優勢。」

西門錡驚詫地看著何小媛揮舞著竹杖，他又瞥了石砥中一眼，忖道：「這小子真是豔福不淺，一個去了，又來一個，每一個圍在他身邊的女孩子都是那麼美麗，我真不知道他到底有什麼魅力，使得婕妹和萍萍都為之著迷。」

石砥中可不曉得西門錡心裡想些什麼，他微皺眉頭，思緒回到了崑崙，暗忖道：「真不知千毒郎君與七絕神君相遇時的情況是怎樣的激烈，但是羅盈和施韻珠也上了崑崙，卻是對我不利，唉！掌門師兄不知道怎麼想……。」

從羅盈的身上，他的思緒又轉到以前圍在他身邊的女孩子，目光轉處，他瞥見西門婕正兩眼癡迷地盯著自己。

西門婕見石砥中望向自己，她微微一笑，道：「她的武功真是不錯！」

石砥中淡然一笑，道：「她是來自海外滅神島。」

「哦！」西門錡兩道劍眉斜斜一軒，驚詫地道：「她是滅神島主？怎麼還這樣年輕？」

石砥中微微一笑，道：「她是原來滅神島主的女兒。」

他話聲一頓，不願再說出何小媛的身世，轉首道：「你與東方公子這次遠來長城，可是到天龍谷去？」

西門婕眼珠一轉，綻起一個淺淺的笑靨，道：「一方面是陪我哥哥護衛東方公子返回天龍谷，另一方面則是去見一見萍姐姐，你知道，她已是我未來嫂嫂了嗎？」

石砥中心裡發出一聲沉痛的呻吟，面上肌肉一陣痙攣，雙唇閉得緊緊的，怨毒的目光投射在西門錡的身上。

西門婕瞥見石砥中眼中閃過一絲碧綠的光芒，心頭不由得一痛，忖道：

「這麼久他還是不能忘記東方萍，唉！我又何嘗忘得了他呢？」

她臉上泛過一陣淒苦的神色，彷彿心頭滴著鮮血，恨恨地瞥了東方玉一眼，忖道：「若不是他的妹妹，我豈會被石砥中如此漠視？」

石砥中苦笑了一聲，道：「聽說你也與東方兄結成秦晉之好，恭喜你了。」

西門婕哀怨地望著石砥中，幽幽道：「你是不是很愛她？」

石砥中曉得西門婕說的是何小媛，他搖搖頭，道：「我與她僅是相識而已，並無特殊感情，唉！若問生涯原是夢，除夢裡，無人知。」

西門婕覺察出他的寥落來，輕聲道：「你不必這樣，我能夠曉得你的心情，但是人生原就是如此，沒有一定的事，沒有絕對的是非。」

石砥中只覺意興低沉，道：「恩怨難分情難盡，很難判定誰是誰非的，既然如此，夫復何言？」

他側首問道：「令尊如何？」

西門婕微微一怔，道：「他老人家被你在肩上刺了一劍，氣得差點吐血，現在已經趕去崑崙，那是為了雁翎權杖之事。」

石砥中全身一震，問道：「他已經趕往崑崙去了？」

西門婕還待說話，已聽西門錡大喝道：「婕妹，誰叫你與他說話，難道爹的吩咐你不記得了？」

石砥中心裡正在難過之際，被西門錡這一喝，激起了鬱積的怒火，側過身去吼道：「你不要在我面前擺威風！」

西門錡被石砥中這聲大喝，震得耳鼓隆隆作響，他愣了一下，大吼道：「婕妹，走開！」

話聲方出，他疾跨三步，左拳直搗而出，「隆隆」之聲大響，一道開山裂石的雄渾勁道撞擊而來。

西門婕叫道：「哥!你……。」

石砥中眼裡閃過碧綠的鋒芒，左掌一拂，「萬毒神功」急旋而出，一股腥風迴旋飛散。」

「砰！」的一聲大響，勁風旋激，石砥中跨前一步，右袖一拍，一道柔和的勁道漫起。

西門錡悶哼一聲，臉孔漲得通紅，身形一晃，左拳兜一半弧，疾穿而去。

「轟！」的一聲，兩股勁道在空中一碰，立時將鋪在甬道的石板擊穿一個大洞，粉屑在周圍飛散開來。

石砥中渾身衣袍一陣翻動，滿頭黑髮倒豎，大喝一聲，一連兩掌飛迭而出，急嘯聲裡，西門錡的「五雷訣印」第三式未及發出，便被這股勁道擊得整個身子飛起兩丈，跌開而去。

西門婕驚叫一聲，飛躍而起，往西門錡落身之處撲去。

石砥中沒想到自己體內真氣正反交流，會產生如此沉猛強勁的力道，僅僅三招便將西門錡擊得身受重傷，跌飛出去。

他怔怔地站著，實在想不通為什麼會有如此的結果。

突地，何小媛發出一聲驚叫，整個身子飛起空中，紅影一閃，往地上躍落下去。

石砥中大吃一驚，弓身一躍，有似箭矢脫弦，急射而去。

半空之中，他疾伸猿臂，探手一撈，將何小媛摟住。

陡然之間，東方玉大喝一聲，右手一揚，一道爍爍劍光劃空射去，咻咻的劍嘯急響而起，如電射到。

石砥中抱著何小媛，還未及察看她的傷勢如何，便已聽到強勁的劍嘯之聲。

他心頭一震，身子陡然曲扭而起，長嘯聲裡，身子拐一大弧，斜飛而出。

東方玉俊臉生威，劍眉倒豎，殺氣滿面，雙手連揮，兩支短劍劃一半弧，射向石砥中而去。

石砥中施出崑崙「雲龍八式」，陡然之間，回空急旋兩匝，往地上躍落下去。

東方玉臉色漲得通紅，手腕一旋，又掣出一柄短劍。

西門婕驚叫一聲，抬起頭來，只見空中三道劍光宛如遊龍，往石砥中落下的身子射去，她大聲喊道：「砥中，快滾落地上。」

東方玉狂叫道：「婕妹，你怎可這樣對我？」

西門婕眼中淚水如潮，泣聲喊道：「玉哥，你不要……。」

東方玉怒喝一聲，道：「住口！」

他見到西門婕為石砥中流淚，一股強烈的妒意堵住胸口，使他幾乎栽倒地上。

他大吼道：「石砥中！有你就沒有我，有我就沒有你！」

他長嘯一聲，手中短劍發出一溜劍光，往空中急射而去。

劍刃破空，閃起爍爍波光，「叮！叮！叮！」正好射在空中的三支短劍上。

剎那之間，四劍掉頭，劍尖朝下，急落而去，有似一面劍網，罩住石砥中。

石砥中雙腳方始落地，便聽見空中三聲輕響，他抬頭一看，只見四劍組合一起，像是一面網子般地罩下，來勢急速逾電，不容自己有所閃避。

他心中凜然，不及考慮，抱著何小媛急往地上一躺，翻滾開去。

劍劍急落，好似附骨之蛆一樣，跟著他滾去的身子射去。

「噗！噗！」一連數聲，短劍四柄每隔三尺，射落於地。

石砥中驚魂甫定，身子翻滾而起，單膝方始跪在地上，右手一揚，五指箕張，自指縫之中，五支金羽旋飛而去，朝向站在城上雉堞的東方玉射去。

五支金羽飛去，石砥中大吼一聲，又是五支金羽飛出，接著一揮手間，又是五支金羽射出。

漫天金羽，將半片天空都已遮住，金光泛起絲絲流波，撲散而開……。

第十一章　狹路相逢

古樸而陰暗的城牆，滿布風沙蝕打的痕跡。

城頭之上，東方玉身著白衫，雙眉斜聳，神色凝重地探首往城下斜坡望去。

四支短劍有如電光急射而下，石砥中抱著何小媛飛滾開去，順著斜坡一連滾了二十多個翻滾。

劍刃落地，每隔三尺，有如釘椿似的深釘入地，削過石砥中滿頭灑開的亂髮，插進草坡裡。

劍鋒冷颯，石砥中頸邊一寒，心裡掠過驚駭無比的情緒。

他知道自己又一次的逃過死亡的魔爪，陡然之間，驚駭的情緒過後，他的心頭立即便湧起濃郁的殺意。

身形乍起，他大喝一聲，右掌一拂，五支金羽飛射而出，接著雙掌揚起連發十支金羽。

剎那之間，滿空金羽飛旋，密織如網，往長城高牆射去。

閃爍的金光，飛繞亂舞，恍如條條金蛇。

東方玉驚懼地望著滿空飛繞的金羽，駭然叫道：「金羽漫天！」

他悚然凝立，整個思想都彷彿停頓了一下。

西門婕臉色驟變，驚喊道：「砥中！」

東方玉全身一震，怒喝道：「走開！」

他身形一晃，儼然急拍雙袖，有似一個陀螺般，在石墩上急速迴旋而起，洶湧的勁道有似海潮奔騰，往外滲溢而出。

霎時，金羽交錯迴繞，被那股急旋的氣勁撞擊得迴動亂竄，布滿東方玉身外兩丈之處。

石砥中眼中射出炯炯的鋒芒，狠聲道：「我倒要看你這還未練成的『天龍大法』到底能支持多久？」

東方玉知道這金羽漫天之技，乃是天下暗器之宗的四川唐門昔日掌門人金羽君所獨創的。

由於金羽的鑄造不同於一般暗器，所以只要金羽本身任何部位受到力量，便會迴旋繞折，除了以一種巨大的力量使得整支金羽都受到擊打，才會掉落於地，否則金羽將不會落地的。

東方玉功力不夠，縱使施出天龍大法，但是卻不能將金羽擊落，以致於滿空金蛇飛舞，將他身形罩住，不停地向他疾射而去。

西門婕兩眼圓睜，右手捂住嘴，驚惶無比地望著站在牆頭上的東方玉，眼見那些流動不停的金光，她的眼裡露出了恐怖的神色。

她知道只要東方玉內力稍有不繼，金羽便會向空隙射進，但是她卻又不敢喊出聲來，惟恐東方玉會因此而分散了精神，以致被金羽射死。

東方玉臉色凝重無比，兩眼凝聚著的目光，漸漸有了懼意，隨著每一袖的揮出，他的頭上湧出汗珠，一顆顆的滑落臉頰。

東方玉眼見金羽依然不休止地在激旋的氣勁裡飛繞迴旋，他心頭的驚懼愈來愈增。

汗珠流下，臉上癢絲絲的，他暗忖道：「這些金羽真是厲害，的確不愧是最為凶狠的暗器，只不知金羽君莊叔叔怎會將這等絕技傳授給他？」

此時，他已不能再多花時間去忖思：「為何石砥中能學得這天下暗器之最的金羽漫天絕技。」

他的腦海之中意念電轉，許多往日天龍大帝傳授給他的絕藝都一一自記憶的深處裡挖出……。

陡然之間，他記起了自己在進天龍赤壁苦修天龍大法前，父親曾與自己講及天下暗器與劇毒之種類及防備之法。

他喘了口氣，忖道：「當時我因為急於入洞去修習天龍大法，所以沒有聽清楚破解之法，否則現在也不致被困於金羽漫天之中。」

這時，他開始痛恨起自己的妹妹來了，因為若不是東方萍為了石砥中而跑出天龍谷，那麼自己便不致被父親喚出，到江湖上去找尋妹妹。

他暗暗罵道：「那不要臉的賤人，為了石砥中，竟然連父親都不顧了，真是有辱門風。」

正當他忖思及此時，驀然聽到西門婕大聲叫道：「砥中，你不要再發出金羽，我求求你收回金羽，別讓他受傷……。」

他勃然大怒，喝道：「婕妹，我不要你求他！」

西門婕話聲一窒，立即便繼續道：「石哥哥，你難道忍心看他如此年輕便死去？你救救他吧！」

東方玉氣得幾乎為之吐血，大吼道：「住口，我不要他的憐憫，我也不要他救我！」

西門婕渾身一顫，忍不住哭著道：「玉哥哥，求求你不要再倔強……。」

石砥中眼見西門婕淚流滿腮，他心裡掠過一絲憐惜之情，長嘆口氣道：「好吧！我就饒過他這遭！」

東方玉怒喝道：「石砥中，你敢來收回金羽，我要罵你的祖宗八代了！」

他急怒之下口不擇言，石砥中雙眉一皺，道：「他既然如此說，我只得不收回金羽了！」

西門婕一怔，愕然望著石砥中，顫聲道：「你難道真是如此狠心，連我的要求都不理……。」

石砥中望著站在離自己不足六尺之處的西門婕，苦笑道：「他幾次要殺死我，卻都被我避過了，就算我放了他，他也不會領我的情。」

東方玉大吼道：「大丈夫可殺而不可辱，我就算死在金羽之下也比厚顏活在世上好，婕妹，你不要管我！」

西門婕滿臉淚痕地喊道：「玉哥哥，你就聽我這一次好嗎？」

石砥中沉聲道：「西門姑娘，我這就去收回金羽！」

東方玉大聲嘶喊道：「石砥中，今日我若不將這金羽漫天破去，我東方玉永不出現江湖，你若是敢上前一步，我與你永不甘休。」

石砥中冷哼一聲，道：「你既然如此硬朗，那我就看你的本領了。」

他蹲下身去，揮指點住何小媛的穴道，緩緩施出瑜珈門的療傷之法，替何小媛疏通積淤在經脈的氣血。

西門婕眼看石砥中這種漠然的樣子，不由得全身一顫，以往存在心裡的一絲愛意，此刻都變為憤恨。

當她看到石砥中竟然不理會自己的苦苦哀求，而蹲下身去替何小媛療傷，頓時她心如刀割，恨恨地道：「好，石砥中，算是我眼睛瞎了，錯認了你！」

石砥中詫異地側首，問道：「你說什麼？」

西門婕咬牙切齒，恨聲道：「我恨你！」

她掩臉返身，飛躍上城牆。

東方玉滿頭大汗，真力幾乎不繼，在漫天金羽之中苦苦撐持著，但是當他聽到西門婕這句話時，心裡湧起了無比的喜悅，陡然之間，疲憊全消，神智一清。

彷彿身體裡突然注入了強烈的新生力量，他大吼一聲，帶起滿空旋激的金羽，往石砥中立身之處躍去。

西門婕驚叫一聲：「玉哥——」

東方玉狂笑道：「我一定會將金羽漫天破去！」

他那急速飛躍的身形倏地一頓，往草坡上落去。

石砥中正好將何小媛真氣驅回丹田，突然聽到耳邊金羽激嘯之聲，他愕然側目，只見東方玉整個身子自空急落而下。

他聰穎無比，一見東方玉這種怪異的舉動，立即便領悟到對方的動機。

他驚忖道：「果然東方玉不愧是武林第一高手天龍大帝之子，能夠領悟這金羽漫天之訣竅，而尋出其破解之法。」

思忖之間，東方玉已全身伏在地上，蜷縮一堆，大袖掩住頭部，靜伏不動。

滿頭激旋的金羽，陡然之間，所受到的勁道完全消失，一齊飛旋亂舞，紛紛落下來。

十五支金羽自空落下，東方玉全身衫袍緩緩鼓起……。

石砥中讚嘆忖道：「這些金羽已經失去迴激之力，如此射下，一定不會將他運集氣勁的衫袍射穿。」

誰知他這個念頭未了，已聽見西門婕大叫一聲，帶起一道藍芒飛撲過去。

他大吃一驚，喊道：「西門姑娘，別去……。」

西門婕充耳不聞，揮動藍泓劍，往空中急落的金羽劈去。

剎那之間，那十五支金羽受到這股掌風，齊都劃著半弧，往西門婕身上射去。

石砥中身如電掣，大袖揚處，十指自袍袖之中疾伸而出，往滿空金羽抓去。

但是他雖然施出金羽君傳授給他的「千佛收雲」的接收暗器的手法，卻只抓住了十二支金羽。

西門婕慘叫一聲，三支金羽齊都射在她的身上，頓時傷口流出鮮血，身子一顫，摔倒地上，昏死過去。

石砥中驚呃一聲，飛落地上，趕忙蹲下身去。

他只見西門婕背上插著兩支金羽，右手大臂被金羽穿透，鮮血流得滿身都是，臉面向下，仆伏於地。

他將她身子托起，轉了過來，只見她雙眼緊閉，濃黑的劍眉皺在一起，臉色慘白，一臉的驚懼痛苦之容。

那豐滿蒼白的臉靨上，掛著兩行淚痕，有如帶雨梨花似的，使人憐惜不已。

他長嘆一聲，輕輕地替她擦去淚痕，忖道：「唉！想不到你會對東方玉有如此深的感情，竟然能為他不顧自己的安危。」

他不知道在這兩個月中，東方玉在海心山幽靈宮裡養傷，時時都與西門婕在一起。加上西門錡的大力撮合，與西門熊的命令之下，西門婕每日都要看護東方玉的傷勢。

男女之間的感情經常是由接觸中產生的，縱然她對石砥中有強烈的愛慕，但是由於相處日久，對於東方玉的好感也增加不少，情愫正在默默地滋生中，又加之她眼見石砥中與何小媛相偎一起的情形，所以刺激她偏向於東方玉。

以致於眼見東方玉抱頭靜伏，滿空金羽急射而下時，她不由得拔出寶劍，想要解救他的危機。

石砥中嘆息了一聲，自懷中掏出一個玉瓶，正要替西門婕拔出金羽療傷。

突地身後傳來東方玉一聲狂喝：「你不要碰她！」

石砥中一愕，道：「我在為她療傷。」

東方玉兩眼赤紅，臉上充血，急跨兩步，大吼一聲，雙掌劃一半弧，急劈而出。

他那伸出袖外的雙掌，瑩白如玉，有似雕塑而成的，在陽光下泛起淒迷的光影。

他雙掌如電揮出，加之距離又近，石砥中剛將玉瓶拿出，身後勁風壓背，急嘯而來。

他心頭大驚，待要飄身讓開，卻正好托著西門婕，只要他閃離身去，她一定會跌倒於地，插在她背上的金羽也將穿身而過，那麼她將是必死無疑。

這個意念有如電光火石似地閃過腦際，他再也不及多想，深吸口氣，將全身真氣都運集背部。

「砰！」的一聲大響，他悶哼一聲，托著西門婕跌出八步開外。胸中氣血翻騰，他臉上肌肉一陣抽搐，終於忍耐不住，「哇」地一聲，吐出一口鮮血。

他緩緩回過頭來，沉聲道：「你差一點便連西門婕都殺死了！」

東方玉愕然站立著，他那揮出的雙掌依然懸在空中，沒有收回。

當他看到西門婕背上插著的兩支金羽時，不由得心裡泛起了惶恐的情緒。

他的嘴唇嚅動了一下，道：「石兄，我……對不起你。」

石砥中冷哼一聲，揮袖擦去嘴角的血漬，掉過頭去，將玉瓶的塞子打開，自裡面倒出些綠色的藥粉。

他兩指一撮，將西門婕臂上的金羽拔出，把藥粉灑下，然後撕下袍角，替她包紮起來。

三支金羽被拔了出來，他把藥粉灑下，包好之後緩緩地立身而起。

向前走了幾步，他已經支持不住，身形一晃，立即盤膝而坐，運起「瑜珈門」的「搜穴過宮」之法，自療內傷。

× × ×

東方玉默然望著石砥中放下西門婕，然後盤膝運功，他暗嘆口氣，心裡不知是什麼味道，只覺得酸溜溜的難過無比。

他搖了搖頭，向西門婕臥身之處行去，想要察看一下她的傷勢。

「東方玉——」一聲嬌柔的呼喚自他身後傳來。

他吃了一驚，只見何小媛巧笑盈盈，姍姍行了過來。

他愕然道：「你……你好了？」

何小媛抿著紅潤的雙唇，嘴角浮起一絲淺笑，脈脈含情地凝望著東方玉，直看得他心頭怦然而跳。

她伸出如春蔥的玉指掠了掠如雲的秀髮，破顏一笑，道：「怎麼啦？看都不敢看我？」

東方玉只見何小媛眼中射出一股妖冶的灼熱光芒，直射心底，他心裡一陣迷糊，咽了一口唾沫，口吃地道：「我……。」

何小媛綻顏一笑，緩緩行了兩步，來到東方玉面前，伸出細長的玉指，點向他的額頭，嬌聲道：「你呀！你就曉得裝傻！」

東方玉眼見對方伸來的玉手，袖口一縮，露出那欺霜賽雪的豐潤手臂，一股淡淡的幽香傳出，撲上鼻來，使得他神智一陣昏迷，登時向前跨了一步。

他微笑地伸出手去，握住她的手指，輕輕地撫摸著。

何小媛嬌羞地道：「喂！你怎麼啦？」

東方玉囁嚅道：「你的手指好美！」

何小媛秀眉一揚，柔聲問道：「真的嗎？」

東方玉臉上泛起紅潮，道：「你是我所見到過的最美麗的女人。」說完，右手用勁一拉，雙臂張開，欲待將她擁入懷裡。

何小媛就順著他一拉的勢子，投入他的懷抱。

東方玉右手緊摟著她，左手緩緩撫摸她的秀髮，喃喃道：「我喜歡你！我真喜歡你……。」

何小媛眼波流動，射出熾熱的目光，望著東方玉，輕聲道：「你都不認識我，怎會喜歡我呢？」

東方玉微微一笑，道：「你叫什麼名字？」

何小媛搖了搖頭，嬌聲道：「我不跟你說。」

東方玉兩眼射出情欲之火，死盯著何小媛紅潤的雙唇，他雙臂一緊，便待吻了上去。

何小媛一偏首，伸出右手按住他湊上的雙唇，嬌聲道：「你怎麼這樣？嗯！我不要嘛！」

要死了。」

東方玉一愕，問道：「為什麼？」

何小媛臉上泛起紅霞，道：「你放開我，我就告訴你。」

東方玉把手一鬆，何小媛掠了掠掛在眉梢上的秀髮，輕笑道：「因為你快要死了。」

她話聲未了，左肘一曲，撞在東方玉「鎖心穴」上，反掌一拍，勁道倏發，拍在他的「血倉穴」上。

東方玉正被她的「奼女迷陽」之法，逼得神智全失、欲念泛生，這下突生變故，根本就沒有想到抵抗，頓時中掌吐血，大吼一聲，一個身子跌出七尺開外，仆倒於地。

何小媛剛才那種冶豔淫蕩的神色，此刻一掃而光，換上的則是冷漠肅殺的臉色。

她狠狠地道：「若不給你點顏色看看，你還以為滅神島主是個浪得虛名的女人。」

她瞥了一眼仰天跌倒、滿身是血的東方玉，冷冷笑道：「你身上兩個死穴都被我擊中，若是能夠活轉過來，也真是天意了。」

她跨過東方玉的身體，向垂首盤坐的石砥中行去。

一見石砥中那俊逸瀟灑的樣子，她不禁暗忖道：「東方玉也是一樣的英俊，但是他卻像是少了一點東西似的，不能像石砥中那樣，全身好似放射出一股神秘的光芒，使人心弦顫動。」

她側頭過去，望了一眼倒臥在血泊中的東方玉，嘴角立即浮起一絲輕蔑的冷笑，忖道：「像他這樣，縱然是天龍大帝之子，但是卻一點定力都沒有，稍受誘惑便會入迷，若是誰嫁了他，將來一定會終日流淚。」

她正在胡思亂想之際，石砥中倏地睜開眼來。

他一見何小媛站在自己身前，微微一愣，問道：「你的傷好了？」

何小媛聞聲回過頭來，欣然道：「你的傷也好了？」

石砥中點了點頭，站了起來，問道：「你在看什麼？」

何小媛正待要答話，石砥中已經臉色一變，飛身急躍而去。

他躍到東方玉身邊，探手一摸，發覺東方玉全身的主脈幾已全斷，只剩下心脈尚在微微跳動。

他臉色大變，略一察看，發覺東方玉「鎖心」、「血倉」兩穴受傷。

駢指疾點，將東方玉穴道閉住，長嘆口氣，立起身來，沉聲道：「他的傷沒有辦法救了。」

何小媛詫異地道：「他是你的敵人，你還要救他？」

石砥中搖了搖頭，道：「他是江湖上的後起之秀，豈可忍見他就此夭折？」

何小媛思緒急轉，微含妒意地道：「你大概是為了他的妹妹，天龍大帝的掌上明珠東方萍吧？」

石砥中勃然變色，道：「你這是什麼意思？」

他深吸口氣，道：「他是你打傷的？」

何小媛點了點頭，道：「是我。」

石砥中身如旋風，右手五指一揚，抓住何小媛左臂，問道：「你怎能打傷他？他的功力比你要強得多。」

何小媛噘起嘴道：「誰教他色迷迷的，想要占我的便宜？」

石砥中詫道：「他怎會這樣呢？」

他臉色一變，厲聲道：「你又施出『奼女迷陽』的邪法？」

何小媛眼圈一紅，道：「他想要殺死你，我又沒有力量制止他，所以……。」

「唉！」石砥中長嘆口氣，放開了握緊她臂上的手，搖了搖頭，道：「算了！我真不知道你竟會如此狠毒。」

他垂首望了東方玉一眼，黯然忖道：「若是他一死，那我就與天龍大帝和幽靈大帝都結上仇恨，看來一輩子也不能再見到萍萍了。」

他一想到東方萍，頓時便心如刀割，仰首望天，雲天悠悠，彷彿又看到東方萍低垂雙眉，痛苦地啜泣著。

他長長地嘆口氣，頹然道：「我走了！」

抖動上衣，讓附著衣上的沙石掉下。

石砥中轉身，正欲走向紅馬。

何小媛一聽石砥中說要走，渾身一顫，心頭大震，忙喊道：「石砥中。」

石砥中倏然回頭，凝望著她，問道：「有什麼事？」

何小媛紅潤的櫻唇微微顫動，囁嚅道：「你還在怪我？」

「石砥中——」

石砥中搖搖頭，嘆了口氣，俯下頭來，只見西門婕仍是昏迷不醒，他輕聲道：「唉！想不到她才對東方玉產生了好感，便不能再看見他的笑容、聽到他的聲音了，這是多麼悲哀的事呢？」

何小媛見石砥中兩眼望著西門婕，喃喃自語，心裡不由湧起一股妒恨，暗忖道：「想不到他到處留情，每次當我見到他時，總是一個美麗的女子在他身邊，哼！怪不得他對我如此薄情……。」

她兩眼之中射出了怨毒殘忍的目光，恨恨地忖道：「我若是要想得到他的愛，便得將圍在他身邊的女人全都趕走，否則我便要殺了他，讓天下的女人都不能得到他！」

石砥中目中一片惋惜之色，忖道：「當她醒來之時，眼見東方玉即將死去，不知會有多麼的傷心呢！唉！人間多恨……。」

在這個剎那，他的心中湧起了無限的感觸，眼見東方玉那種垂死的慘狀，使得他對於東方玉以往的種種仇恨都完全淡忘了。

他輕嘆口氣，轉過身去，緩緩向長城行去。

何小媛眼見石砥中臉上一片落寞地掉頭而去，不由得叫了一聲：「石砥中——」

石砥中依舊向前緩行而去，似是根本沒有聽到她的呼喚。

何小媛淒怨地叫了一聲，道：「石砥中，你要到哪裡去？」

石砥中落寞地道：「我回崑崙去！」

「崑崙？」何小媛臉色一變，道：「你為什麼要回崑崙？」

石砥中倏然回頭，詫異地道：「我為什麼回崑崙？」

他的嘴角泛起一絲漠然的微笑，道：「你難道不曉得幽靈大帝西門熊要到崑崙去？」

何小媛臉上泛起不信之色，道：「大概是為了千毒郎君吧？」

石砥中點了點頭，道：「不錯，還有千毒郎君。」

他皺了下眉頭，憂慮地道：「這樣一來，崑崙更是危險了，我得立刻趕回去不可，否則七絕神君應付不了。」

何小媛冷笑道：「大概你是聽到了施韻珠要去崑崙，所以迫不及待地想趕回崑崙吧！」

石砥中一愣，眼中射出逼人的鋒芒，道：「你這是什麼意思？」

何小媛被對方炯炯眼光所逼，小嘴一撇，道：「你自己曉得！」

石砥中雙眉皺得緊緊的，沉聲道：「我不知道你到底怎麼想的，難道說我的行動也要受你支配嗎？」

何小媛臉色大變，顫聲道：「你，你……。」

石砥中道：「我早說過與施韻珠並沒有什麼關係，你卻仍舊猜疑我，就算我跟她有任何牽連之處，也不必你多加干涉！」

何小媛臉色慘白，顫聲道：「你真的如此薄情？」

石砥中一怔，肅容道：「在下與姑娘你僅是相識，並沒有任何情感在內。」

他似是感到自己說得太重了，所以語聲一緩，嘆了口氣，道：「天下任何女孩子我都不會對她們發生感情了，何況你我還有一段仇恨呢！」

何小媛嘴唇微顫，道：「我也沒有說過要報復你到滅神島之仇呀？你為什麼還是這樣仇恨我？」

石砥中緩緩轉過身來，歉疚地道：「縱然你我已經沒有仇恨，但是我也不能對你怎樣，而且我不會再愛任何一個女孩子了！」

何小媛舉起瑩玉的玉手，掩著顫動的雙唇，眼中儘是疑惑與幽怨的情緒。

石砥中一見那射來的目光，有如遇見蛇蠍一樣，趕忙轉過頭去，沉聲道：「在下就此告辭了！」

何小媛渾身一震，道：「你現在就要到崑崙去？」她咬了一下紅潤的嘴唇，又輕聲道：「你還在怪我？剛才我是眼見他要將你殺死，所以才以『奼女迷陽』之術對他，難道我本來是願意的嗎？」

石砥中輕嘆一聲，道：「此事既已過去，在下就不加計較了，由他吧，人就是如此，儘管再有力量，也不能與命運抗衡。」

他想到自己一生寥落，每每遇見強敵，而在死亡的陷阱前徘徊，結果練成了絕高的武藝，躋身在武林高手之林，被公認是天下第五大高手，但是他卻眼見自己所心愛的人被人逼迫離他而去，卻沒有一點辦法去挽回。

他的心裡湧起了落寞孤寂的情緒，忖道：「我縱然有這樣的武功，卻還不能保護自己所愛的人，萍萍與我總是遭遇阻礙，無法使得東方剛同意此事，現在又加上東方玉的身受重傷，我顯然與他又結上新仇，從此之後，永遠沒有機會再見萍萍了！」

這些意念似電光石火在腦海掠過，他眼中閃現出茫然的目光，痛苦地搖了搖頭。

何小媛看到石砥中這種表情，心頭一痛，道：「難道你真的不能忘卻她！

你又何必如此痛苦？」

石砥中不知道何小媛說的是施韻珠，他還以為她曉得自己心中想念著東方萍，所以他痛苦地搖了搖頭，道：「我不能忘掉萍萍的！」

何小媛一愣，這才想起剛才石砥中曾經提起過萍萍兩個字來，她恍然道：「你是說你深愛著東方剛的女兒東方萍？」

石砥中默然了，他喃喃自語道：「是的，我還是愛著萍萍，不管怎樣，我都不能忘了她！」

何小媛臉色慘白，道：「她值得你如此鍾愛？」

石砥中道：「她是世界上最美最可愛的女人，值得我永遠想念。」

何小媛淒然一笑，道：「難道我不夠美嗎？」

石砥中抬起頭來，望了何小媛一眼，茫然道：「你很美！」

何小媛眼中沁出淚水，泣聲道：「那麼你為什麼不能愛我呢？難道你不能分一點愛給我嗎？」

「分一點？」石砥中神智從迷惘中醒了過來，道：「愛情怎麼能分？只有把整個愛情奉獻給一個人，才算是真正的愛情，稍微分割一點便是假的了。」

何小媛淚水汩汩而下，長長的睫毛沾滿晶瑩的淚珠，顯得她更是楚楚可憐。

她不停地悲泣道：「為什麼？為什麼？」

石砥中沉聲道：「曾盡滄海難為水，除卻巫山不是雲，我已跟你說過幾次，我不會再愛天下任何一個女孩子了！」

他深吸口氣，肅然道：「在下就此告別了！」

他頭也不回，飛身躍起，往長城上落去。

何小媛叫道：「砥中，我跟你去！」

石砥中身形一躍六丈開外，他頭也沒回，跨上汗血寶馬，掉轉馬頭，往西馳去。

何小媛眼見石砥中理都不理自己，她呻吟一聲，心中悲恨交集，情緒一陣翻騰，吐出一口鮮血。

她淒厲地喊道：「石——砥——中——」

石砥中縱馬絕塵而去，好似根本沒有聽到她這聲淒厲的呼喚——

第十二章　包藏禍心

何小媛雙手撫著胸口，痛苦地俯下頭來，淚水恍如泉湧，灑滿衣襟，很快便將胸前的衣服浸濕了。

沒有聲音的哭泣，才是發自心底真正的悲哀。

蹄聲杳杳，她突地咳了一聲，又吐出一口鮮血。

頓時胸襟之上被鮮血染得殷紅，她急驟地喘了兩口氣，抬起頭來。

她兩眼通紅，射出怒恨的目光，狠毒地道：「石砥中，我一定要將所有愛你的女人統統殺死，我要使你到處遭受打擊，一直到你死為止。」

她揮起袖子，擦了擦嘴角的血漬和臉上的淚水，發出一聲冷酷的狂笑。

笑聲裡，她的目光落在地上的藍泓劍上，於是她俯身拾起那支短劍，緩緩走到西門婕的身邊。

她的眼中射出狠毒的光芒，舉起藍泓劍便待往昏迷中的西門婕身上刺去。劍刃泛起藍汪汪的光波，閃爍輝映，眼見西門婕便將死於劍鋒之下。

倏地——

一聲有如炸雷似的大喝響起，何小媛愕然抬頭，只見一個身著青袍、長髯及胸的中年人，衣袍飄拂躡空而來。

她微微一怔，手中劍刃一揚，原式不變，往西門婕胸口刺去。

陡然之間，空中響起一聲刺耳的尖銳嘯聲，一支銀光閃閃的短劍劃破穹空，疾射而來。

「叮」的一響，火光一點迸出，手中藍泓劍脫手飛出，她全身恍如被鐵錘擊中，跌出五步外。

一道藍芒飛出丈外，射向枯黃的草地上。

那支爍亮的短劍在半空劃一大弧，倒射而回。

微風颯颯，青衣人身在空中，揚手一抓，大袖拂起，短劍投入袖袍之中。

何小媛胸中氣血波動，一跌之下便站不起來。

那青衣人冷哼一聲，怒道：「你這女娃兒好狠的心，在這荒郊僻野竟然想辣手行凶。」

他目光一閃，瞥見躺在地上的西門婕，臉色頓時一變，趕忙蹲下身去，略一察看，方始舒了口氣。

他立身而起，冷肅地道：「你與西門婕有何仇恨，竟然將她傷成這個樣子？」

何小媛重重地吁了口氣，躍身而起，攏了攏額上的髮絲，驚詫地道：「你是何人？」

青衣人冷哼一聲，道：「老夫東方剛——」

何小媛兩眼圓睜，啊的一聲驚叫，失聲道：「你是天龍大帝？」

東方剛冷哼道：「你竟然將西門婕打傷，顯然是依仗著自己的武功。」

何小媛被對方冷肅的目光所逼，加上震於天龍大帝的爍爍威名，顫聲道：「她並非被我打傷的！」

東方剛雙眉一斜，目中寒光暴射，寒聲道：「哼！小小年紀竟然敢在老夫面前說謊，難道你剛才舉劍不是要殺她？」

他的目光一轉，瞥了那支飛落在丈外的藍泓劍一眼，道：「若非老夫發現得早，她豈不是已死於你利劍之下。」

他的話聲倏地一頓，全身一顫，飄飛而起，有似一支箭矢脫弦射出，躍到那躺在草坡上的東方玉身邊。

「啊！」

他一見那滿血血污、臉色慘白已至奄奄一息的傷者，果然是自己所疼愛唯一的兒子東方玉時，不由得驚叫一聲。

他臉色驟變，俯下身去，探手一摸，便已發覺東方玉身受重傷，經脈全斷，只有心脈還在跳動。

他兩眼之中淚水立即湧出，淒然地叫道：「玉兒，玉兒……。」

身後微風一動，何小媛躍過身來，道：「他並沒有死，前輩你……。」

東方剛大吼一聲，左臂一反，便將她抓住。

他淚眼之中射出熊熊的殺氣，狠聲道：「你還敢說謊？你還敢說玉兒沒有死？」

他殘酷地道：「今日我不使你遭受天下三大毒刑，痛苦悲號而死，我就不算是天龍大帝。」

何小媛只覺全身骨骼都被天龍大帝那一抓，捏得要成粉碎，一股驟痛沁入心底，她痛苦地掙扎了一下。

東方剛大吼道：「我要將你粉身碎骨，凌遲處死！」

他的吼聲如雷，有似一個霹靂在何小媛耳邊響起，直震得她耳鼓隆隆作響。

一見東方剛那狠毒凶煞的目光，和那冷酷的語聲，直嚇得她魂飛魄散，臉無人色。

她顫聲道：「不是我……。」

「不是你？」東方剛怒喝道：「不是你是誰？這裡只有你一人在此，哼！你還想狡賴。」

他右手一揚，五指如鉤，將要施出「斬筋切脈」的狠毒手法，將何小媛的經脈全都抽出。

突地——

一匹快馬自長城之上飛躍而起，急衝下來，半空之中，馬上飛起了一條白色的人影往這邊射來。

東方剛五指一張，疾落而去，何小媛發出一聲絕望的驚叫，立即昏了過去。

「爹！」一聲驚呼，東方萍飛撲而來，大叫道：「爹爹，你住手！」

東方剛五指伸在空中，側首一看，已見東方萍躍將過來。

他大吃一驚，怒道：「萍萍！你怎麼也出了天龍谷？」

東方萍眼圈一紅，道：「你和哥哥都不在谷裡，留下我一個人，我……。」

東方剛見到自己女兒臉上那種淒苦的表情，輕嘆口氣，道：「你我都來晚了一步，你哥哥已經死了！」

「啊！」東方萍兩眼睜得大大的，不相信地問道：「什麼？哥哥……。」

東方剛悲痛地道：「你哥哥已經死了。」

東方萍這才聽清楚，果然是說東方玉已經死了，她哇地一聲哭了出來。

東方剛滿臉殺氣，殘酷地道：「就是這個女人，我要使她身受毒刑，經脈抽搐，悲號三日，粉身碎骨而死，方能消去我心頭之恨！」

東方萍打了個寒噤，哭聲一停，睜著滿是淚水的眼睛，驚惶地望向東方剛。

因為她從沒有看見東方剛如此的震怒，如此的傷心，如此的殘忍，也從沒聽過他會說出如此冷酷的話來。

她幾乎在懷疑這句話是她父親親口說出來的。

剎那之間，腦海裡意念飛轉，她詫異地問道：「您是說她殺了哥哥？」

東方剛道：「你去看看吧！」

東方萍目光一轉，瞥見閉目昏死的東方玉，她驚叫一聲，撲至東方玉的身上，放聲痛哭起來。

才哭了一會，她的哭聲突地一停，將耳朵貼在東方玉的胸前，仔細地一聽。

東方剛一見，怒道：「他已經死了，你還……。」

東方萍臉色一喜，大聲叫道：「哥沒死！」

東方剛雙眉一揚，問道：「什麼？讓我看看！」

他一挾何小媛，飛身躍去，伸出右手撫在東方玉的胸前，果然覺察出那微弱而有規律的跳動。

他激動無比地道：「果然他沒有死！」

他將何小媛往地上一放，伸手入懷掏出一個紫綠色的玉瓶，將這次搜集自冷岩洞穴中的石乳倒入東方玉的嘴中。

東方萍擦了擦臉上的淚水，笑道：「爹爹，您太緊張了，竟然連生死都分不清楚，幸好我趕了來，否則哥哥豈不是白死了嗎？」

東方剛吁了口氣，抬起頭來，道：「我是急昏了頭，一見你哥哥負傷那麼慘重，渾身經脈幾乎全斷，氣血都不流通，以為他死了，唉！真是事不關己，關己則亂。」

他不好意思地笑了笑，道：「幸好這次我在天龍峰冷谷之中收集到這麼一瓶石乳，否則真無法救他！」

東方萍看到東方剛臉上一臉的淚水，卻是尷尬地笑著，她不由得笑道：「爹！您真滑稽，臉上還有淚水，竟然笑得出來，就跟小孩子一樣。」

東方剛擦了擦臉上的淚水，道：「萍萍，你現在該知道天下每一個做父親的人對於子女都是關心無比，就生恐他們遭到什麼災禍。」

他輕嘆一聲，道：「這兩三個月來，你沒有笑過一次，終日都是以淚洗面，爹也知道你內心的苦痛，所以剛才眼見你的笑容，就好像終日處於陰霾裡，一朝見到陽光一樣的歡喜。」

東方萍幽幽地嘆道：「爹，您不要再說了。」

東方剛凝望著自己的女兒，只見她臉上盡是憂傷、哀怨，較之以前的活潑開朗完全都不相同了。

他微嘆口氣，道：「是爹害了你。」

他話聲微微一頓，道：「但是石砥中身為毒人，全身是毒，我是怕害了你的終身，所以……。」

東方萍站了起來，轉過身去，道：「我不要聽了！不管怎樣，我絕不會嫁給西門錡！」

東方剛在她一轉身之際，倏地發現她烏黑的頭髮裡有著絲絲白髮。

他心頭一震，趕忙站起身來，道：「萍萍，你轉過身來，讓我看看。」

東方萍默然轉過身，冷冷地望著她的父親。

東方剛痛苦地道：「萍萍！你不要這樣看著我！」

東方萍臉上已經沒有剛才那種喜悅的表情，她一想到石砥中，立即便緊鎖雙眉，鬱鬱不歡起來。

她黯然地道：「爹，您有什麼事情要吩咐嗎？」

東方剛仔細一看，果然發現她的頭上有一束白髮，剎那之間，他呆了一呆，喃喃道：「這怎麼會？她才十八歲……。」

東方萍淒然道：「就算二十歲又有何用？人生就是如此，總是悲哀勝於歡樂。」

東方剛神情大震，心頭宛如刀割一樣痛苦，他嘴角顫動了一下，道：「萍萍，這兩個月來，你只跟我說兩句話，見都不願見我一面，你是否在怨恨爹爹？」

東方萍淡然一笑，道：「我什麼都不恨，只恨我娘死得太早。」

東方剛臉上肌肉頓時痛苦地抽搐起來，他暗暗地呻吟了一聲，悲痛地暗呼道：「若萍，你在天之靈是否還記掛著我？你是否曉得我是如此的痛苦？妻呀！這件事我是不是做錯了？我是為了玉兒的生命，才將萍萍許給西門熊的兒子，但是萍萍卻終日哀傷，到現在頭上都長了白髮，若萍，你告訴我，到底我該怎麼辦？」

東方萍眼見她爹爹仰首望天，滿臉的悽愴，眼中盡是茫然之色。

她輕嘆口氣，眼光轉開，已望見昏迷中的西門婕，她臉現驚容，詫異地轉首過來，望了望那躺在地上的何小媛。

她秀眉一揚，輕呼道：「滅神島主，她是滅神島主。」

東方剛自沉思中醒了過來，詫道：「萍萍，什麼事？」

東方萍只覺西門婕與滅神島主一齊出現此地，而且像是互相拚鬥過，其中一定有什麼原因在裡面。

所以她心念一轉，忖道：「莫非滅神島主見到哥哥長得英俊，所以又要施出她那妖豔的風情來挑惑他，以至與西門婕發生爭執而互相拚鬥？若是如此，我豈能告訴爹，而使得哥哥難以對爹說出此事？」

她心地善良，不願讓東方剛曉得何小媛乃是滅神島主，以免牽累及哥哥，所以搖搖頭，淡然道：「沒有什麼！」

東方剛回頭望了望東方玉，只見他臉上泛紅，已無剛才那種慘白的面色，所以他欣慰地道：「這瓶石乳真靈，看來你哥哥的性命是保住了，等一下我幫他運氣行脈，便可恢復如常！」

他話聲一頓，卻發現東方萍毫無喜色，仍自輕顰雙眉，好像有著無數的哀怨！

他叫道：「萍萍，這半個月以來，你有沒有照過鏡子？」

東方萍詫異地望了她父親一眼，搖了搖頭，黯然道：「我照鏡子幹什麼？

儘管將自己裝扮成仙子似的，又有誰來看呢？我又裝扮給誰看呢？」

東方剛輕嘆了一聲，道：「唉！萍萍，是爹對不起你。」

他咬了咬嘴唇，心中意念有如電轉，沉吟了一下，說道：「萍萍，我問你一事，你能不能告訴我？」

東方萍應了一聲，冷冷地道：「您有什麼吩咐儘管說好了，我既然是您的女兒，當然什麼都要聽您的，還有什麼能不能？」

東方剛歉然道：「我身前只有一兒一女，當然每個都很疼愛，不分彼此，但是往往為了環境所逼，對於你們總是照應不到，而使得你們受到種種打擊，這不但讓我對不起自己的良心，也對不起你娘在天之靈！」

東方萍聽了這話，心裡一酸，緩緩地垂下頭來。

東方剛輕嘆口氣，懊悔地道：「我這才曉得我這兩個月來是做錯了一件事……。」

他頓了頓，道：「我不該將你許配給西門熊的兒子！」

東方萍愕然抬起頭來，凝望著她的父親。

東方剛繼續道：「西門錡雖然是西門熊的兒子，但是他一點都不長進，無論人品、性格、毅力，較之石砥中都差太多了！」

東方萍臉上現出喜悅之色，道：「本來就是這樣嘛，石砥中和西門錡比較起來，真有雲泥之別。」

東方剛微微搖了搖頭，道：「他雖然是天下奇才，命運卻不佳，總是經歷許多艱難，唉！他若不是毒人該有多好！」

他吁了口氣，道：「這兩個月來，你終日都是悲苦哭泣，這都怪我不該將你許配給西門錡，所以我思考了許久，不管西門熊如何，我一定要解除這口頭上的婚約。」

東方萍睜大雙眼，激動地道：「爹，您這話可當真？別又騙我了！」

東方剛肅然道：「我一定不能容許你嫁給西門錡！」

東方萍驚喜地叫道：「哦！爹，您真好！」

東方剛暗忖道：「我怎能眼見你終日哭泣，憔悴而死？唉！這兩個月，你的頭上便已現出白髮，若是再過一年，豈不是滿頭都是白髮，一生都將是黯淡無光。」

他沉吟一下，道：「若是石砥中能夠再發生一次奇蹟，不被毒死的話，那麼我便答應把你嫁給他！」

東方萍大喜道：「真的？」

東方剛揮手道：「且慢高興！我要他親自懇求我，要娶我的女兒，我才能真正的將你許配給他！」

東方萍狂喜道：「他一定會答應的！」

東方剛眼見她那種欣喜若狂的樣子，不由得心中安慰地忖道：「只要見到她能如此快樂，我就算遭遇到困難與打擊又有什麼關係？」

他微笑地道：「可是你要注意，石砥中要不被毒死才行，若是他已經死了，可不能親自向我求親了。」

東方萍噘了噘嘴，說道：「爹，您老是觸人霉頭，說些不好聽的話。」

她充滿自信地說：「我相信石砥中不會死的，我相信他！」

東方剛輕嘆一聲，忖道：「愛情的魔力真大，竟能使人為著它而扭轉死神的安排，面臨一切危難而不改變原先的意志！」

他的思忖未了，突地聽到萬里長城之上響了一個尖銳的笑聲，一條人影倏然騰空躍下。

他雙眉一斜，側目一看，「哦！」了聲道：「西門錡，是你？」

西門錡身形一落，肅容道：「萍妹子說得不錯，石砥中沒有死。」

他臉上浮起一個陰沉的笑容，道：「他不但沒死，而且剛剛才離去。」

東方萍驚道：「啊！他剛才還在這裡？」

西門錡眼中射出妒忌的光芒，沉聲道：「不錯，令兄東方玉還是他打傷的。」

東方剛雙眼一瞪，驚道：「什麼？又是石砥中！」

西門錡陰陰地道：「不錯，正是石砥中！」

東方萍眼見好好的事，看來被西門錡這麼一攪，可能就完了。她大叫道：「你說謊，不是石砥中！」

西門錡呵呵一笑，道：「這兒除了我之外，還有個證人在場，萍妹子既不相信，岳父可問問她，玉兄是不是被石砥中打傷的？」

東方萍神情一窒，立即啐了一口，道：「呸，誰是你的岳父！誰又是你的萍妹子？」

西門錡陰陰一笑向前走了兩步，然後面容一肅，躬身施了一禮，朝東方剛拜了下去，道：「岳父大人在上，小婿有禮了！」

東方剛身形一側，大袖微拂，一股勁道自袖底湧出，不讓西門錡有拜下的機會。

他雙眉皺起，道：「賢侄不須如此多禮！」

西門錡被那股勁道逼住，硬是不能往下拜去，他臉色立即一變，泛過一個陰狠怨毒的表情。

東方剛拂了拂頷下長髯，道：「賢侄可否將經過情形述說明白？那石砥中怎會也來到此地？」

西門錡見東方剛岔開話題，不由恨恨地忖道：「你這老賊，還不死心想把萍萍嫁給姓石的混帳小子，哼！不管你怎麼說，天下人都曉得我已是你的女婿，到那時你還敢不將萍萍乖乖許給我？」

他臉上顏色一整，道：「玉兒在海心山養傷，家父因有事要赴崑崙一行，故而囑小婿及舍妹護送玉兒返回天龍谷。」

東方萍冷嗤一聲，道：「從海心山到天龍谷要經過長城嗎？你這明明是在說謊！」

西門錡沒有理會東方萍的話，繼續道：「這是因為玉兒三個月以來都在海心山養傷，煩悶異常，所以他想到長城來玩玩，好鬆懈一下鬱悶的心情，故而小婿只得陪他經過大漠邊緣來到長城。」

東方剛聽他左一句小婿，右一句小婿，雙眉不由得緊緊皺起。

他嗯了一聲，說道：「賢侄，當日我並沒有依允令尊的求親，只不過是略為一提罷了，賢侄如此稱呼，老夫可有點不敢當！」

西門錡咬了一下嘴唇，道：「當日家父曾經提起此事，岳父大人回答說，只要玉兄身負之傷痊癒，則必然允諾婚事，若是小婿記得不錯，東方玉已在海心山調養痊癒，所以……。」

東方剛咳了一聲，道：「但是這要等玉兒痊癒之後，回到了天龍谷才算數，賢侄口口聲聲的說老夫已經答應，老夫尚要請問，令尊曾下了文定之禮嗎？」

西門錡沒想到東方剛會有此一問，話聲一窒，頓時默然無聲，想不出反駁之理。

東方萍臉上泛起美麗而甜蜜的微笑，感激地望了望東方剛，輕聲道：「爹！您真好。」

東方剛假裝沒有聽見，肅容道：「你們來到長城，難道那石砥中有未卜先知之能，預先在此地等你們？見你們一到，便驟然下手？」

西門錡再傻也聽得出來東方剛話中的偏袒之意，他暗暗地怒罵道：「東方剛呀！東方剛！你將萍萍許配給我便罷，若是依然反悔，那麼我一定要讓天下武林中人都曉得你的卑鄙無恥。」

他深吸口氣，平抑心頭怒火，緩聲道：「我們三人縱馬長城之上，很是愉快，可是正馳過這兒，卻碰見石砥中那小子和這個女子在一起！」

他陰毒地望了東方萍一眼，又道：「石砥中與她正自濃情蜜意之際，恰好被我們撞見，頓時之間勃然大怒，冀圖將我們殺死。」

東方萍氣得發抖，大聲叱道：「你說謊，石哥哥絕不是這種人。」

西門錡肩頭一聳，道：「這個你可以問問何小媛，便知道我是否說謊！」

東方萍滿眼企望的目光，轉首望著何小媛。

何小媛心頭一震，她惶然望了望東方剛，又轉移視線望著東方萍。當她看到東方萍那種純潔嬌柔有似天使樣的臉龐時，心裡泛過一絲酸意，頓時石砥中那冷漠的神情映上眼前。

她恨恨地忖道：「我若不能得到他，就要毀了他！」

剎那之間，她的臉上浮起羞怯的微笑，道：「石公子是與我在東海之外的滅神島分手後，曾與我約定相會之期，是以我自海外趕回中原，匆匆來到長城，他已在此地等待著我了。」

東方萍哇的一聲哭了出來，掩住臉投入了東方剛的懷裡，肩頭不斷地聳動，哭得很是傷心。

東方剛伸出手去摟著自己心愛的女兒，輕拍她的肩膀，道：「萍萍，不要哭，有為父的替你作主。」

他臉色一變，冷肅地道：「你的話可是真的？須知此事關係重大，你若有半句虛言，我就會令你終身抱憾！」

何小媛一怔，兩眼呆呆地望著東方剛，道：「難道我與石砥中要好，便犯上大帝您的規條不成？」

東方萍自她父親的懷裡抬起滿是淚痕的臉靨，咽聲道：「爹！她一定是在說謊，女兒相信石砥中他一定不會這樣的，我很瞭解他，他絕不會愛上其他女孩子！」

東方剛臉上猶如罩了一層寒霜，問道：「那麼現在石砥中到哪裡去了？」

何小媛被東方剛那如劍的寒冷目光所逼，垂下頭去，囁嚅地道：「他是到崑崙去了！」

「哼！他果然是崑崙弟子！」東方剛重重地哼了一聲，道：「萍萍，你與為父的上崑崙一趟，找到那石砥中問個明白。」

何小媛心裡一動，懊喪地忖道：「石砥中正在趕往崑崙，那兒有幽靈大帝，還有千毒郎君、七絕神君，現在再加上天龍大帝，他豈能敵得過這些老鬼？我也該到崑崙去！」

她心頭一急，返身便走，向著長城躍去。

東方剛喝問道：「你到哪裡去？」

何小媛腳下一頓，回過頭來，冷冷地道：「東方玉又不是我打傷的，與我有什麼關係？為何我不能走？」

東方剛一愕，揮了揮手，道：「你走吧！」

他話聲陡然一頓，道：「若是找出你說的有半點不實之處，任憑你走遍天涯海角，我都不會放過你的。」

何小媛冷笑了一聲，默然不語，飛身躍上城牆，跨上那匹胭脂馬，朝西邊疾駛而去。

蹄聲散放空中，轉眼便已消失蹤影。

東方剛轉過頭來，道：「賢侄，你且將結果說與我聽！」

西門錡道：「石砥中一見東方玉與我縱馬急馳而來，看見他在與人談情，惱羞成怒，立即便站在路中，將我們攔住。」

東方剛冷哼一聲，怒道：「他好大的膽子，竟敢迎截你們兩人，真的自命為天下第一高手了？」

西門錡臉色一紅，道：「那姓石的小子的確厲害，小侄每隔一段時候重見他時，他的武功便高強幾分，進境之速真是天下罕見！」

他一想到石砥中那等神威凜凜的樣子，真恨不得抓到他狠狠地咬一口，是以臉上立即掠過凶狠的面色。

東方剛忖道：「他這話倒也不假，石砥中真是天下第一奇人，經歷那麼多的危險，每次都在生死一髮之間，卻總能轉危為安，反而武功變得更加高強。」

「你們兩人在一起，都敵他不過？」

西門錡諷嘲地道：「小侄的五雷訣印沒有什麼特殊之處倒也罷了，他竟然將東方兄的『三劍司命』齊都破去，還將他打傷了！」

東方剛目中寒芒迸射，冷冷地道：「你是說他的三劍司命之技已不是石砥中的敵手?」

西門錡惶恐地道:「小侄豈敢如此說。」

東方剛還沒說什麼,只見躺臥於地的西門婕呻吟一聲,身形扭動了一下,睜開眼來。

他腦海之中掠過一個念頭,低聲道:「萍萍,你去扶你嫂嫂起來!」

東方萍木然抬起頭來,只見父親臉色沉重無比,不敢違駁他的話,擦了擦淚痕,走了過去,把西門婕扶了起來。

東方剛一見西門婕背上的傷痕,驚怒道:「莊鏞竟然也幫著他,氣死我也!」

西門婕被東方剛這聲大喝所驚,渾身一抖,立身而起,趕緊回過頭來。她一眼便瞥見身後的東方萍,頓時一怔。

東方萍一斂衽,道:「嫂子你好!」

西門婕臉上浮起一片紅雲,還沒回話,已望見東方剛正自滿臉怒容地望向自己。

她還以為是東方玉將自己和石砥中間纏結不清的事情告訴了東方剛,所以他才會對自己發起怒來。

她緩緩走了幾步,硬著頭皮道:「東方伯父在上,侄女有禮。」

東方剛將西門婕扶起，道：「婕兒，我問你，你身上的傷是不是金羽君莊鏞所傷？」

西門婕微微一怔，道：「那些金羽是石砥中發的呀！」

她說到這裡，東方剛重重地哼了一聲，道：「想不到莊鏞也與我作對！竟然將金羽絕技傳給石砥中。」

西門婕一驚，退了半步想要說什麼，但是她突地想到還沒看到東方玉，忙側首問道：「玉哥哥呢？」

東方萍還沒回答，天龍大帝東方剛已伸手一指，道：「他身負重傷，躺在那兒，哦！婕兒，他可是石砥中打傷的？」

西門婕驚惶地點了點頭，道：「是他。」

她趕緊轉身朝東方玉躺臥之處奔去。

東方剛看到西門婕滿臉驚懼，眼中盡是關切憐愛之情，不由得心裡一酸，忖道：「看她這樣的關懷他，憐愛他，玉兒這邊已經沒問題了，現在只剩下萍了，唉！我原先還想自江湖絕跡，靜靜休養，誰知玉兒和萍兒卻惹得我終日奔波，無時無刻不在為他們的事而勞心，若是若萍沒死，又何至於這樣？」

他輕嘆口氣，滿臉的難過，垂下頭來，看見東方萍一臉的惶恐之色。

東方萍輕聲道：「爹！你原諒石砥中吧！他……。」

東方剛臉色一沉，冷哼一聲，道：「天下還有誰敢如此對待我東方一門？竟然要殺死我兒，連我還沒進門的媳婦也不能容忍，他存心是要我東方一門滿門斬絕。」

東方萍沒想到自己爹爹會發如此大的脾氣，直嚇得她玉面失色，掙出他的懷抱，顫聲道：「爹……。」

東方剛兩眼一瞪，道：「別說了，都是你迷戀那小子，哼！他以為得到莊鏞的金羽絕技就可以目空一切了？嘿！我東方剛一日不死，他便一日不能欺凌至我門中！」

東方萍只覺眼前茫茫一片，自己與石砥中的好事剛出現一點光明，卻又出現一層濃霧，將那一絲光亮遮去。

東方剛那句話有似巨雷一樣地痛擊在她的心上，震得她整個神智都失去知覺，腦中一片空白……。

她的嘴唇顫抖，眼淚簌簌落下，茫然往前走去。

西門錡冷聲道：「伯父大人現在可相信小侄我的話了吧？那石砥中人面獸心，早就想利用你的……。」

東方剛頷下鬚髯一陣拂動，兩眼圓睜，怒道：「住口！」

他的喝聲一出有似春雷爆發，直震得西門錡全身一震，目瞪口呆，驚愕地望著東方剛。

東方剛眼中射出銳利的光芒，冷冷地道：「西門錡，我告訴你，我對你們西門家的人厭惡到極點，尤其你更是可惡。」

西門錡臉上顏色連變數次，臉孔漲得通紅，大聲喝道：「姓東方的，你有仇恨可找我爹去，為何在我面前說？」

東方剛狂笑一聲，手掌一揚，沉聲道：「好！有志氣。」

他提起手掌泛起瑩白的霞光，一劈之際，在半空中劃出一個淒迷的弧形，往西門錡劈去。

他這一掌去勢逾電，西門錡還沒來得及躲開，那隻瑩潔的手臂已經劈至胸前。

他張開嘴來想要呼叫，一股暗勁已經結結實實地擊在他的胸前。

「噗」地一聲，西門錡慘叫一聲，飛出九尺開外，跌倒於地，昏死過去。

東方剛一掌擊出，立即便後悔起來，他冷冷地收掌拂胸，緩緩道：「萍萍，你不要傷心，為父的與你同上崑崙去，把事情弄個水落石出。」

東方萍滿臉淚痕，睜大了眼睛凝望東方剛，好半晌才大聲哭喊道：「哦！爹爹！」

她飛撲進東方剛的懷裡，放聲地哭泣起來。

東方剛兩眼之中淚水如潮湧出，他舉起袖子替東方萍把臉上的淚水擦去，輕聲道：「萍萍，是為父的錯，是為父的錯。」

東方玉那挺俊的身形閃現在他的淚眼中，他趕緊把自己臉上的淚水擦去，問道：「玉兒！你好了？」

東方玉一臉寒霜，問道：「爹爹，你把西門錡打傷，到底是為什麼？」

東方剛兩眼之中射出炯炯的光芒，他緩緩推開東方萍，沉聲問道：「你是在數說為父的不對？」

東方玉被那冷肅的目光一逼，垂下眼簾，緩聲道：「只是玉兒數次被石砥中所傷，而爹爹你還欲將妹子的終身許給那賊子，還將西門錡打傷。」

東方剛冷哼一聲，怒道：「我這是教訓他不敬尊長，與你又有何干？至於說被石砥中打傷，虧你還說得出口？不長進的東西！」

東方玉瞥了一眼愕然佇立於身旁的西門婕，道：「這——」

東方剛怒喝道：「你若承認我是你爹，便帶婕兒立刻返回天龍谷，西門熊之處我會去應付的。」

東方玉猶豫了一下，道：「但是西門錡……。」

東方剛冷哼一聲，道：「我是用暗勁將他穴道閉住，誰說他受了傷？」

東方玉大喜道：「是！孩子立即返回天龍谷。」

東方剛臉色一整，道：「我這次帶你妹子到崑崙去，半月之內一定回來，你小心天龍谷的事務，一定要好好將天龍大法練成。」

他一把拉起東方萍，長吟一聲，飛身躍起六丈，凌空連跨數步，身影消失在長城之後……。

第十三章　萬劫不復

夜色深濃，寒星閃爍，輕柔的晚風在沉沉的夜裡，拂過樹梢，帶起一陣絮絮低語，方始扭動身子飄出十里之外。

穹空之中，懸掛一彎鉤月，淡淡的月光灑下，映照在一個黑衣少女的身上，順著她披散的長髮流瀉而下。

銀色的月光，黑色的羅衣，飄起的衣袂，配襯著絲絲輕揚的長髮，她好似來自幻夢之中，又似廣寒宮的仙子，顯得飄逸出塵。

她佇立在弱水之旁，望向那濤濤的江水，似在出神之中！

好一會兒她才長嘆一聲，低聲自語道：「你的影子我雖無法觸摸得到，但是我的心卻已隨著你的影子流落天涯，自從你醫好我的五陰絕脈之後，我已深深愛上你了，愛得像弱水裡滾滾的浪潮，是那樣的深，深得連我自己也都無法度量……。」

她掠了掠飄在額上的一綹亂髮，輕嘆道：「我知道你不會愛我，因為你只愛著一個東方萍，但是我雖僅是滄海一粟，卻幾經滄桑，除了你，我不會再愛任何人了，就讓我的愛永遠埋在心底吧！」

羅盈獨行在弱水之濱，沉湎於回憶之中，不知不覺地吐露出對石砥中的懷念與深情，但是她也更為惆悵……。

江水悠悠，浪濤滾滾，洶湧澎湃，她覺得像擊在她心頭一樣，是那麼的沉重。

她三上崑崙，私奔天涯，尋找石砥中。

幾度奔波後，已是神情憔悴，惆悵難禁，一種從未有過的空虛湧入心頭，拂不掉也拋不開，緊緊地纏繞著她……。

她望著江水怔怔出神，兩眼凝聚在驚濤激浪之中，根本不知道身後不遠處，閃動的一條人影。

「呃！」那黑影痛苦地低吟，緊握雙拳，恨恨地道：「又是石砥中，又是他……他不但搶了我的萍萍，還奪去這麼多女孩子的心，我恨他，我一定要殺了他。」

他腳下緩緩移動，往羅盈這邊走來，在月光下，可看清楚他正是幽靈大帝之子西門錡。

他眼中閃動著怒恨的烈焰，冷峭地凝望羅盈的背影，他想要看看這深愛石砥中的女孩子到底是誰。

當他看到羅盈的背影如此美麗時，心中妒恨之念更加強烈，悄無聲息地伸出手去，想要把她推下江去。

突地他心中一凜，忖道：「不行，堂堂幽靈大帝之子，豈能做出這種事情？若讓天下人曉得了，我父何以統馭天下武林？」

他心中的良知與妒恨互相激蕩，一時之間，手伸出去，卻沒有縮回來。

哪知羅盈這時不知被什麼東西驚醒，突然回過頭來。

她愣了一下，問道：「你是誰？」

西門錡傲然地說道：「我是西門錡！」

「你是西門錡？」羅盈秀眉一蹙，冷冷地道：「你怎麼不把我推下江去？」

西門錡借著殘碎的月光，見到羅盈清麗脫俗的美貌，不禁有些醉了。

他神色一愣，暗忖道：「真是邪門，想不到這麼多美貌如花的少女，都愛上了石砥中，我真不知道他有什麼魅力！」

他心中又羨又恨，冷冷地道：「我殺你易如反掌，只是不願這樣做罷了……。羅盈，你怎麼會愛上石砥中？他到底有什麼地方值得你去愛……。」

羅盈粉面霍然變色，霎時顯得痛苦不已，長長的眼睫一動，兩顆晶瑩的淚水奪眶而出，嬌軀一陣顫悚，忙以纖細的玉掌撫住前胸，痛苦得幾乎蹲下身子。

「我為什麼要愛他？有什麼地方值得我如此的去深愛他？」這一連串的問題在她腦海中如電掣般快閃而過，她只覺得心中有如被一塊重鉛重重地壓住，壓得她幾乎喘不過氣來。

積鬱於心底的情感，受西門錡的一語撩撥，像江海的萬頃流波，澎湃洶湧地傾洩出來，無休無止地奔激著……。

「哇！」羅盈櫻唇一張，一道血箭如雨灑下，噴得西門錡滿頭滿臉都是。

他匆忙退後幾步，掩起衣袖，把嘴臉上的血漬擦抹乾淨，正待發作，但是他看見羅盈那種蒼白無助的痛苦樣子，心中又有些不忍。

羅盈黛眉緊鎖，蒼白的面靨和瘦弱的身子在月光下顯得虛弱淒涼。

她三上崑崙，奔波數百里路程，早已心神交瘁，肝腑無形之中神疲力竭，負傷極重。

況且五陰絕脈之人最忌神氣浮動，雖然石砥中替她打破玄關直通任督二脈，奈何這些日來，連著思戀石砥中，憂心如焚，自然使她受傷非淺了。

羅盈嘴角滴下一縷血絲，指著西門錡道：「你走開！」

西門錡不知怎地，見羅盈這種嬌弱的樣子，心底忽然升起一縷異樣的感覺，囁嚅地道：「你病了！」

羅盈冷漠地道：「不要你管！」

浮雲掩月，星光隱現，柔和的夜風裡，傳來陣陣潺潺的江水聲，她暗中幽幽一嘆，緩緩走向無盡的黑夜。

西門錡癡癡地望著羅盈婀娜褪去的身影，有一股莫名的衝動，忽然心血來潮，不覺的跟了過去。

他平時驕傲無比，何曾受過這般的閒氣，但羅盈的冷潮熱罵，他非但未發怒，反而覺得極端好受，他從未有過這種奇妙的感覺，如今，從羅盈身上發現，哪能不驚疑呢？

黃沙漫漫，江流滾滾。

在這黑沉沉的夜裡，羅盈和西門錡像有默契一般，一前一後，頭尾銜接。

× × ×

靜寂的黑夜，突然傳來一陣殘碎的鈴聲，西門錡驚奇地抬起頭來，只見西北方亮起了六盞通紅的風燈，燈光搖曳，朝向這邊急馳而來！

這六盞紅燈來得極快，不多時便到了西門錡眼前，西門錡看得分明，這持燈的六個玄裝小婢，全是疤痕滿面的瞎目少女，行走如風，步履輕盈，看來都是武林中人。

殘碎的鈴聲叮噹叮噹地響著，六個瞎目少女身形一煞，立刻散了開來，只見在這些瞎目少女身後，有一個碧眼綠目的少女騎著一頭白色的駱駝緩緩而來。

她鬢髮蓬鬆，頭上盤著一個小髻，碧眼寒芒爍爍，清麗的面容罩上一層寒霜，只聽她冷哼一聲，怒道：「你深夜跟蹤這個女孩子是安的什麼心？」

西門錡一聽大怒，叱道：「你是什麼東西，敢管西門大爺的閒事！」

那碧眼綠目的少女咯咯一笑，道：「這雙眼睛就是我的招牌，你難道沒有聽過碧眼魔女這個名字嗎？」

西門錡心中一愣，忖道：「碧眼魔女這個名字陌生得很……。」

他哪知碧眼魔女烏麗娃是五毒門至尊碧眼尊者的惟一傳人，是西域第一大魔女，她初入中原自是鮮有人知。

西門錡雖然家學淵博，但對碧眼尊者三上海心山的事知之甚少，故而不識，否則他必會稱奇不已。

碧眼尊者三上海心山雖然大勝西門林，但也負傷非淺，將他的毒功奇技傳了烏麗娃後便死了。

這次傳聞中原石砥中會毒魔神功，碧眼魔女不信有人竟會本門絕藝，所以才遠涉中土來查明真相。

碧眼魔女烏麗娃見西門錡久久不敢答話，不禁得意地一聲長笑，道：「你不要怕，我不會傷害你的。」

西門錡怒道：「誰怕你！」

烏麗娃眼中碧光湧現，面上倏地布上一層殺意，西門錡目光一觸對方碧綠的神光，駭得倒吸一口涼氣，倒退數步。

烏麗娃這時忽地又是一笑，道：「你還說不怕我，看你的樣子。」

西門錡見她忽怒忽笑，性情極不易捉摸，腦中電光一閃，又掠過羅盈那楚楚動人的影子，他思緒一轉，返身就走。

六個瞎目少女身形一動，便阻止了他的去路。

西門錡冷哼一聲，怒道：「不給你們點顏色看，不知我西門錡的厲害！」

他暴喝一聲，單掌一揮，急如電閃，劃空劈下。

掌緣掠過空中，急嘯之聲大作，六個瞎女身形輕輕一轉，紅光突然大熾，照得西門錡睜不開眼睛。

西門錡怒吼一聲，連著自不同的方位拍出六掌，急速地往外一掠，飄身而起。

黑夜中，傳來兩聲高喝：

「長天一點碧——」

「萬毒滿天地——」

西門錡方待使出「五雷訣印」，一見這些瞎目少女竟是五毒門人，不禁面色一變，他大喝道：「五毒門，又是你們……。」

西門錡身形一旋，五指駢立，斜切而出，提向攻來的二女身上「期門」、「商曲」兩穴攻去。

那兩個少女長眉同時一揚，四隻玉掌一滑，走一弧形劈向西門錡，而另外四女也各自玄奧地攻出一掌，自外攻進對方空門，直逼西門錡胸前。

這些變化來得神妙無比，有如雪泥鴻爪，羚羊掛角，不留絲毫痕跡。

西門錡臉色一變，疾退兩步，圈臂回身，「五雷訣印」如雷般揮出，斜掃而至，快速異常。

「啪！」一股平穩的掌風，碰撞到那沉猛的「五雷訣印」，頓時發出一聲巨響。

「砰！」的一聲，沙石飛濺，灰塵瀰漫，六個瞎目少女陡然一退！

西門錡悶哼一聲，他只覺心頭一震，那提聚的「五雷訣印」真氣，陡然一鬆，全身恍如空無一物，他不禁震懾這些少女的功力，暗中駭異不已。

「住手！」碧眼魔女烏麗娃大喝一聲，飛身躍了過來，冷澀地道：「你是幽靈大帝的傳人？」

「不錯，那正是家父！」西門錡傲色地道：「想不到你也認得『五雷訣印』為幽靈大帝的絕藝之一！」

「哼！」烏麗娃冷哼一聲，不屑地道：「幽靈大帝是什麼東西？敢跟我碧眼魔女相提並論！」

西門錡神色一變，怒笑道：「賊婆子，你敢——」

他的笑聲突然咽住，話聲一頓，驚恐的神色立時泛現臉上。

敢情在燈光之下，碧眼魔女烏麗娃雙眼突地又轉變為碧綠之色，漸漸地，眼中碧芒閃耀，懾人心志。

她雙臂一抖，仰天狂笑一聲，笑聲在黑夜裡迴盪著，有似野狼的嗥叫，震懾住西門錡的心神，如一柄寒劍絞刺著……。

她笑聲一斂，厲聲道：「我讓你見識見識五毒門的厲害！」

只見她左掌按地，一翻一覆之間，左掌中有一股烏黑的勁氣湧出，黑烏烏的一片。

似是一陣黑煙瀰漫飛散開去，腥臊的惡臭立時將四周布滿，兩道氣柱如傘張開，電射般往西門錡飛來。

西門錡只覺惡毒的臭味令人欲嘔，腦海中混沌不清，喉頭像是有東西噎住一般。

他疾忙運施體內的真氣繞行全身數匝，然後封血閉脈，閉住自己的穴道，全身功力都運集在自己的左臂之中，只見他握拳護胸，五雷訣印已提至十二成功力。

一種求生的本能，使他能擊出這蓄集已久的沉猛勁道，死命地攻了出去。

霎時，風旋勁激，有似江潮洶湧翻滾。

西門錡驚懼碧眼魔女掌上蘊有奇毒，遙遙推出這掌之後，身子已如滾地西瓜般往弱水中滾去！

「噗通！」一聲，西門錡整個身子沒入江中，浪花濺起，順江飄去，愈去愈遠。

碧眼魔女烏麗娃沒有料及西門錡這般刁鑽，一個疏神讓他逸去，不覺厲笑一聲，道：「死東西，我非上海心山幽靈宮把你的狗窩拆了不可。」

六盞鮮紅的風燈，又往沉沉的黑夜行去，殘碎的鈴聲，蕩漾在夜空裡……。

×　×　×

黑甸甸的「集賢鎮」上，這時早已入了夢鄉，街上行人絕跡，四周靜悄悄的沒有一點人跡，大家都沉睡在這溫馨的夜裡，被夜神的輕紗帶入甜美的夢境裡。

這時只有鎮南角上的「歸鄉居」客棧尚燃著燈火，店小二把門虛掩上，坐在凳子上，左手支頭打起瞌睡。

「店家，店家！」

那店小二朦朧中從沉睡中驚醒，揉揉眼睛，伸著懶腰打著哈欠，自語道：「又是哪個冒失鬼，這麼晚了還來住店……。」

他百般不願地把門打開，不禁暗呼一聲，忖道：「我的媽呀！這不是活見鬼了！」

只見殘餘的月光下，一個神態憔悴的女人，倚在門檻上，輕輕地喘著氣，蓬亂的長髮斜披於肩，店小二幾疑自己碰上夜鬼，拔腿往後就跑。

「回來，你怎麼不接待本姑娘？」

店小二兩腿一軟，差點沒栽在地上。

他見女鬼會說話，膽氣不由一壯，揉揉眼睛，這才看清楚是一個絕美豔秀的少女，連忙上前哈腰，道：「姑娘，你請！」

羅盈輕嘆了口氣，道：「給我一個上等房間！」

「有！有！」

羅盈跟著店小二進去房間，見屋裡設備雖是十分簡陋，卻也窗明几淨。

她這時不知怎地，一見到那張大床，只覺頭昏沉沉的，兩眼已沒法睜開，往床上一倒便呼呼睡去。

店小二一愣，道：「姑娘，你可要吃點什麼？」

羅盈因積鬱傷及肺腑，這時又受寒勢侵襲，倒下去再也爬不起來，只見她吐氣如蘭，睡態迷人，那雙渾圓的大腿更是撩人，引起店小二的一絲遐思。

他連叫數聲見沒有人理會，膽氣不由一壯，忖道：「這女孩像是幾天沒睡覺似的，看她模樣準不是好路道！乖乖！這小妮子若讓我小二摟摟，嘿，那才是祖上積德呢！」

他儘自一人胡思亂想，背後倏地一聲冷笑，直嚇得他差點尿屎直流，一望之下，只見一個水淋淋的青年站在自己身後。

他愣愣地道：「你……。」

西門錡面上閃過一絲凶光，冷冷地道：「我要你滾開！」

店小二見這人目含稜光，似一道冷劍般射入他的心底，嚇得通體一顫，忙不迭地倒身而退，每行一步便回頭望一下。

「砰！」西門錡把房門關上，閃進羅盈的房中。

店小二把腦袋一拍，自語道：「真他媽的邪門，我小二哪種人沒見過，怎會被這小子唬住？不好，這女子與他素不相識，萬一讓他嘗盡了甜頭，我小二豈不反成了穿針引線之人？」

他愈想愈不對，拿起一根扁擔躡足往房中摸去，誰知他的頭方一伸進房裡，「啪」地一聲，一個踉蹌急退數步，扁擔折為兩段落在地上。

西門錡滿面寒霜，冷冷地道：「拿去，快給我配藥來，晚了一步，我就要你的狗命！」

他擲過銀子，丟下藥方又回身進了房間。

店小二咋了咋舌頭，拿過銀子、藥方，嘴裡嘀哩咕嚕地趕緊配藥去了！

西門錡見羅盈雙頰酡紅，星眸半閉半睜，一股少女特有的氣息湧進他的鼻中。

他心中一蕩，全身血脈忽地賁張，頓時他心中一驚，道：「奇怪，我今日是怎麼了，腦中盡是這少女的影子！」

這種感情來得快速異常，連他自己都不知道為什麼會這般關懷羅盈，從前他醉心愛著東方萍，但是此刻他卻在羅盈身上發現一種從沒有發現過的東西，深深吸引他。

羅盈身軀斜睡，腦子裡雜亂異常，一個翻身，忽然看見一個玉面朱唇、斜眉入鬢的少年，騎著一匹紅鬃馬，經天而來，電掣而至。

她目掛淚水，喃喃自語道：「你終於來了，我等得你好苦……。」

只見她雙臂一曲，成了一個摟抱狀，又道：「我不能讓你再走了，石哥哥，我不能沒有你……。」

西門錡見她像中魔一般，時笑時哭，面上神色變幻不定，不禁心中又妒又恨，搖著羅盈的香肩，道：「羅盈，羅盈，你怎麼了？」

羅盈星眸微張，一見西門錡坐在自己床前，不禁花容失色，坐起身來，道：「出去，出去，誰要你來的……。」

西門錡囁嚅道：「我見你孤身在外，又得重病，所以……。」

羅盈氣道：「謝了，我會照顧自己的。」

西門錡見她發怒的時候，又有一種獨特的美，這種美他從未享受過，大著膽子說道：「你不要生氣，免得氣壞了身子！」

羅盈低頭一嘆，躺下身子倒頭而睡，對西門錡不理不睬。

西門錡尷尬地一笑，輕道：「你為什麼要生氣呢，我也沒錯呀！」

羅盈哼了一聲，沒有說話。

這時她心神交瘁，體力耗費過甚，暗中運轉真力，竟凝而不聚，一股焚流不停地往經絡之中流竄，衝擊得腦中又漸漸混沌不清。

「客官，藥煎好了！」

西門錡把藥接過，方待轉身，遙見東方剛和東方萍也進得店裡來，嚇得他趕緊退回房裡。

東方萍黛眉緊鎖，幽幽地道：「爹，你還是不能原諒石砥中？」

東方剛哼了一聲，冷肅地道：「他欺負你嫂子，又打傷了玉兒，我想了好久，這口氣實在不能忍下，否則我東方剛豈不讓天下人恥笑？」

東方萍小嘴一嘟，負氣道：「爹爹，你只顧自己一時的名利私欲，連女兒的幸福都不想想，萬一你打傷了砥中，我就不活了！」

說完眸含淚水，往房中跑去，東方剛有意無意掃了西門錡房間一眼，低嘆一聲，沒入隔壁房中。

西門錡揣著不安的心情，嚇得倚靠在房門邊，端著湯藥，忖道：「真巧，在這兒又碰上了，若讓東方剛看到我和羅盈在一起，事情準得弄糟。」

他心頭一驚，通體泛出一陣冷汗，忙走至羅盈床邊，把藥慢慢送入羅盈的嘴中。

羅盈星眸鎖閉，櫻唇啟處，一碗湯藥輕吸淺送，漸漸全數喝光，倒在床上呼呼又睡了過去。

「砥中，砥中！」羅盈輕輕地泣道：「我只要見你最後一眼，最後一眼……。」

她這幾句話說得模糊不清，看來是在說夢話。

西門錡心中冷汗直冒，唯恐羅盈驚動了隔室的東方剛、東方萍父女，急忙替羅盈脫去蓮足上的繡鞋，解去了那件黑綾外罩長衫，輕輕往床裡面推去。

只見羅盈身著輕紗似的褻衣，烏亮的黑髮斜披肩上，低垂黛眉，斜倚香榻，那細纖的手如同白玉，襯著薄紗，更顯得晶瑩無比。

循著細束的柳腰，輕巧掩蓋著細長的大腿，露出了纖巧玉潤、晶瑩有致的腳踝骨和薄薄的腳掌……。

那修長的玉腿整個露出輕紗之外，衣襟半掩，露出玉潤的酥胸，長髮披落床上，臉孔朝外，顯出一抹慘澹美麗的笑靨，淺淺的梨渦……。

那微張的朱唇，編貝似的玉齒，半睜的星眸，自長長的睫毛後，發出冶豔撩人的目光……。

西門錡看得心中蕩然，忖道：「真沒想到連她的身子都長得和她的臉一般的誘人美麗，上蒼造人遺留下這麼多的神秘。」

「砥中，砥中！」羅盈柔呼道：「你怎麼還不來？」

西門錡這時欲念大熾，他一生喜好女色，一見這麼美麗誘人的胴體，自然沒有定力克制住自己。

他恨恨冷笑道：「石砥中，你什麼都搶在我前面，東方萍、羅盈、何小媛，還有我妹妹……哼，今天我可占你的先了！」

他目泛欲火，心房跳動極速，不自覺地全身滾燙有些顫悚，急切的需要，使他失去了理智，他輕輕褪去那僅有的一層薄如蟬翼的輕紗。

羅盈滑如玉潤的雪白軀體在燭光搖曳下輕輕顫動著，是那麼撩人、誘惑。

西門錡醉了，他醉夢於那一剎那間的快樂。

「石哥哥，石哥哥！」羅盈喘呼道：「你知道我的心早已屬於你了嗎？」

「妹妹，我來了！」

「嗯！」

那盞如豆的燈光滅了，天在搖顫，地在恍動，春色無邊洋溢在這個小房間中，沉重的呼吸聲，起伏的波濤聲，都使這裡顯得這麼不平凡。

× × ×

天空中刮起了陣陣呼呼的烈風，驚雷疾電不停地響動，霎時，霹靂一響，落下了豆大的雨點。

急雷驟雨，交織成灰濛濛的世界，不多時，風停了雨止了，一切都又歸於寂靜。

一切都靜止了，燈光忽然又亮了，房裡傳來一聲驚呼：「是你！」

羅盈悲泣道：「你這卑鄙的東西！」

她見床上殷紅點點，不禁羞得趕忙掩上了被子，痛急地吐出一口鮮血，低聲地哭泣……。

「姑娘，你遇到什麼事嗎？」

這是東方剛的聲音，西門錡面色一變，急急穿上衣服，冷汗直流。

「這位姑娘，你何不移駕我房中一談！」東方萍在外面輕輕敲著門，好心地問道。

西門錡這時慌亂無策，忙移身至羅盈的床前，焦急地亂擺手，低聲地道：「你千萬別去！」

羅盈憔悴的面上湧起了殺意，她怒道：「你這喪心病狂的……。」

西門錡一聽大駭，雙掌又疾掩住羅盈的嘴，輕輕點了她的啞穴，他壓低聲音，說道：「謝謝姑娘好意了，我們夫婦因一點小事誤會，吵醒了姑娘，請姑娘原諒，回房休息吧！」

隔壁東方剛道：「萍萍，回去吧，家務事我們也管不了。」

殘碎的腳步聲漸漸消逝，西門錡聽見東方剛父女掩門休息去了，方始長吁一口氣，擦去額前的冷汗——

夜去了，黎明的柔光射進了窗前，照亮了屋裡，房裡早已人去樓空了，只剩下了點滴的殷紅……。

第十四章　趕盡殺絕

春日的涼風下，柳絲搖曳，碧雲連著青天，青草綠油油一片，呢喃的燕子結群掠過，這是春日的景色……。

涼風徐徐地掠過空中，帶著輕微呼嘯之聲。

崎嶇的古道上，蹄聲嶐嶐，正馳來一匹赤紅如血的駿馬。

馬上騎士青衣飄飄，宛如玉樹臨風，瀟灑俊美。

這騎士落寞地發出嘆息聲，恍如心懷極重的心事……。

他縱馬如飛，四蹄如電，提著韁繩，雙腿緊挾馬腹，紅影似疾電掣空，滾滾絕塵而去。

他極目遠眺，黃土飄揚的大道，在日光下泛著金光。

殘霞映照處，雲天和山巒相接，廣闊遙遠，一望無垠。

回顧身後的重疊山巒，高插入雲，蒼雲白駒，悠悠天地，青鬱鬱的芳草，頓時覺得在這大千世界上，自己只是滄海一粟，渺小得有如一粒塵沙……。

春意深濃，氣息香馥，石砥中只覺心中抑鬱難消，胸前有似擔負著千斤重石，始終覺得有一口沉悶的鬱氣難以消洩。

他噓口長嘯一聲，胸中頓時舒暢不少……。

他搖搖頭，低聲嘆道：「人生下來就決定了往後的命運，像我若不會武功也不會介入這麼多江湖是非，盡日奔跑無歇，像個孤離的游魂，永遠找不到靜謐的日子。」

突然，一陣悲涼的氣氛湧進他的胸裡，接著傳來喃喃的木魚聲，由左方輕輕飄來，他縱馬躍向一個山頭，只見山坡下有六個和尚正在墳前超度一個死去的亡魂。

石砥中緩緩策馬而行，心中忽然掠過一個想法，嘆道：「一堆黃土埋進了多少千古英雄，人生本就如此……。」

他搖搖頭，忖道：「做一天和尚敲一天鐘，我倒希望做個四大皆空的僧人，免去多少煩惱，只為自己生活而生活……。」

正行間，遠處忽然飄來一聲悲泣，道：「上蒼啊，你救救我的女兒吧！」

石砥中一愣，提著韁繩，放慢了步子，越過一片樹林，看到在林梢盡處，有一個白髮蒼蒼、鬍髯飄飄的老漢，跪在地上痛苦地捶胸擊背，像是遇上莫大傷心事。

石砥中只覺這老人可憐兮兮，不忍心就此離去，飄身落馬，上前道：「老丈，你有何傷心事？一人在此啼啼哭哭。」

那老漢淒涼地抬起頭來，抹拭著眼角的淚水，旋即又神情緊張地低聲一嘆，雙手連擺，急聲道：「公子，你千萬不要管，這是老漢自己的事。」

石砥中一愕，想不到這老人這般不近情理，自己善意相問，他反而拒人千里，不禁雙眉一蹙，道：「這回我是多事了！」

他就待轉身離去，那老人忽地從腰間解下一條麻繩，往頭頂樹幹上一盤，高聲地叫道：「我不活了，我不活了！」

石砥中見他身子一弓往繩圈中掛去，頓時一急，疾伸左手，身形一前，抓住那老人，道：「天下有何不能解決的事情？老丈何必一定要以死解決。」

那老人被石砥中救下，一陣嚎啕大哭，白髯拂動，渾身顫悚，眼淚鼻涕俱流，急道：「公子爺，你救我作什麼？老漢這事誰都不能解決，還不如讓我死了算了！」

石砥中見他說得這般傷心，道：「你且說說看，我倒能替你拿個主意。」

那老漢目中閃過一絲奇異的神色，石砥中一時未留意，滿心關懷地望著那個老漢。

這個老漢一臉驚惶之色，擺手急急地道：「不得了，了不得，老漢自老妻死後，僅有一個女兒叫雁馥，父女兩人相依為命，住在前面那個小山上，每日靠著採藥拾柴為生……。」

他口沫橫飛，續道：「前日山裡忽然來了四個怪人，非要小女雁馥嫁給什麼回天劍客石砥中，老漢也不知那什麼回天劍客、王八劍客，硬是不答應……。」

「你說什麼？」石砥中大踏一步，面色冷煞地喝道：「回天劍客石砥中，誰告訴你的！」

他因一時急了，陡地伸掌扣向那老人的腕脈，用力一甩把那老人提到身前，神目如霜，怒視著那個殘弱的老人。

這老漢和他目光一接，霎時全身一陣劇抖，嚇得面色蒼白，一句話也說不出來，只是嚇得縮緊了脖子。

石砥中這才感到事情不太簡單，這老漢身體瘦弱，又不像會武功，怎地會硬把自己拖入渾水之中呢？難道江湖上真有人敢冒自己名字招搖行騙。

他把那老漢一推，道：「說下去！」

老漢喘了喘氣，畏懼地道：「這四人來後，整日要小女雁馥陪著吃喝，把老漢趕出門外，今天，這四個惡徒又要把小女帶走，老漢因無路可走，只好自殺算了。」

石砥中怒哼了一聲，腦中盡是思忖這是怎麼一回事，他目露疑惑之色，問道：「你可見過回天劍客石砥中？」

那老漢雙眉一揚，白髯飄拂，怒道：「提起那姓石的，老夫就有氣，他媽的耀武揚威，說什麼大戰二帝三君啦！血濺拉薩什麼僧，那副德行真叫人噁心，公子爺，不是我老漢誇口，像姓石的那個樣子，做我孫子我都不要……。這小子癩蛤蟆想吃天鵝肉，真他媽的不要臉。」

石砥中被罵得滿身不舒服，他知道這老人言出無心，決不會想到自己就是石砥中，但是他胸中的憤怒已難掩住，面上泛起怒意。

他苦笑道：「你別說了，他們在哪裡？」

老漢連忙搖手道：「公子爺，你可不能去，我親眼見過四人之中有一個在一塊萬斤巨石上輕輕一拍，那塊巨石便如沙石般塊塊碎裂開來，真比斧頭還厲害……。」

石砥中冷哼了一聲，忖道：「碎石成粉，這種小技也拿來丟人現眼。」

老漢以為石砥中被震懾住了，不禁又道：「這人露了一手後，你猜那石砥中說什麼？真他媽的沒出息，他竟叩頭稱那四人放屁通做師父……。不！什麼通不通的，我忘了。」

石砥中氣得暗中一跺腳，霎時玉面浮上一片肅殺之氣，望了望蒼空白雲，跨上汗血寶馬如電馳去！

那老漢見他忽然走了，高聲道：「公子爺，等一等，你千萬可別去呀！」說完，忽然仰天一聲大笑，伸手在面上一抹，露出四大神通裡老大雷響的面孔來！

雷鳴從樹後一轉出來，道：「大哥，你怎麼把他氣跑了？」

雷響嘿地一笑，道：「這小子不氣氣就不容易上當！」

雷鳴疑惑地道：「你這樣當面罵他，真比殺他還要難過。」

雷響哈哈狂笑道：「這小子氣昏了頭了，連大爺的易容之術都看不出來，啞巴吃黃蓮有苦說不出，也虧他能忍受得了。」

他仰天一聲長笑，又道：「兄弟，我倆可不能再拖了，得趕快回去布署一切，免得這小子又溜了！」

兄弟二人一陣哈哈狂笑，攜著手微弓身形，往樹林之中電射而去，眨眼間便失去蹤跡。

× × ×

鬃馬如火，人似玉龍，石砥中催馬如矢，帶著滿腔的怒火，騎在馬上，雙目不眨地望向前方。

倏地，他一煞去勢，汗血寶馬雙蹄騰空，釘立地上，發出一聲高亢的長嘶。

他斜睨了身前的山谷一眼，忖道：「這山谷怪石林立，野草橫生，不像有人行過，那老漢決不會住在這種地方，唉！我剛才為什麼這麼衝動，不問清楚他的方向呢？」

忖念方逝，腦中忽然閃過一絲陰影，緊緊籠罩他的心坎，旋即有一種緊張不安的情緒絲絲入扣，使他覺得心緒不寧，有種恐怖的感覺。

他心中一驚，忖道：「今日是怎麼了，我怎麼總有一種面臨大難的感覺呢？難道我石砥中當真要碰上死難。」

轟然一聲，自那高達萬丈的石崖上，落下一塊重逾千斤的巨石，朝著石砥中騎馬佇立之處飛壓而來，電疾而落！

石砥中悚然一驚，暴喝道：「好賊子！」

汗血寶馬一聲長鳴，神馬通靈，未等石砥中施令，四蹄如飛，倏然騰空躍起，直朝山谷馳去！

「啪！」石屑飛揚，塵灰瀰漫，地上被擊成一個大坑。

紅影一閃，寶馬馱著石砥中電馳而去。

石砥中端坐馬上，身形一弓一彈，陡地掠空離馬而起，身在空中，一個疾旋，朝一塊斷崖之上撲去！

他身形方落，遙聞數聲冷哼，擰首一瞧，只見一道人影一隱而逝，他暗中冷笑道：「這種跳樑小丑，也敢跟我過不去！」

正在這個念頭尚未消逝的時候，左方忽然飄來一陣極低的語聲，石砥中傾耳一聽，循著聲音尋去。

在一塊巨石之後，出現一個黑黝黝的石洞，裡面黑沉沉的伸手不見五指，他斜眉一揚，神目在黑暗中迅捷地一掃，貼著石壁行去。

洞裡幽暗如漆，但石砥中卻可看清楚裡面景物，轉過一個彎，已有燈光閃爍照來。

只聽一聲哈哈狂笑，道：「二弟，你看那姓石的會不會入彀？」

「當然，當然，這小子不知則已，一知必定會來！」

「我說他沒這個膽子。」

「何以見得？」

「哼！」石砥中看清洞裡四人之後，不禁大怒，劍眉斜聳，冷哼一聲，叱道：「原來是你們這四塊料。」

四大神通見石砥中緩緩而來，絲毫不感到訝異。四兄弟圍在長桌之前，正啃著油雞，各自端著酒杯，傲然痛飲，盤中殘肴狼藉，顯然已喝了相當的時候。

石砥中怒目含威，凜凜然怒視著四大神通，見到他們的那種飛揚拔扈的神情後，更是怒火中燒。

雷吟拿起酒杯，哈哈笑道：「你怎的才來！」

石砥中冷冷地道：「你嫌死得太遲嗎？」

「現在正是你們歸陰的時候，晚來也不算太遲。」

雷響搖首笑道：「不然，不然，生死由命，富貴在天，四大神通這幾條命早就交代給你了。」

石砥中目泛血色，怒笑道：「那麼你就納命來吧！」

他挫身一移，左掌平貼胸部，右手一抖，一股絕大的氣勁橫空而出，澎湃的掌風激起一道巨流，直往雷響身上翻掌擊至！

雷嘯見雷響受襲，身形一晃躍出，拍出一掌，喝道：「小子，你敢動我大哥？」

石砥中背後空門大露，他斜引右掌，身形如電而起，足下交叉一閃，一股洶湧翻滾的勁氣，反向雷嘯的身上撞去！

「砰！」

雷嘯身形劇晃，踉蹌地退了五、六步，面色一變，喘息不已。

他一撫胸前，忖道：「這小子的功力好深，數月不見，內力又增長不少，如此下去，我們四大神通哪還能在江湖上混。」

雷響見雷嘯撫胸變色，不由急道：「你沒受傷吧！」

雷嘯苦笑道：「還好，只是氣血有些浮動。」

他喘息了一下，道：「大哥，今天可不能放過這小子。」

雷吟冷哼了一聲，道：「今天怎麼也不能讓他跑了。」

石砥中見四大神通各守一個方位，把自己困在中間，頓知這四大高手今日非置自己於死地不可，眼前形勢分明，已不容他多加思考。

石砥中長笑道：「你再接我一掌試試！」

霎時，氣旋激蕩，「般若真氣」隨著衣袖拂動，往雷嘯身上疾拍而來！

雷嘯氣血尚未平復，一見掌影如山壓來，面上立刻掠過一絲驚悸的神色，怒哼一聲，雙掌斜推而出。

「不能接！」

雷鳴斜身一掌拍下，急道：「快布『天雷轟頂』。」

四大神通各自臉色凝重，跟著石砥中繞行了數匝，八道睜目露出窒息的凶芒，注視著石砥中，一齊將長劍拔了出來。

雷嘯一劍上挑，劍影片片，喝道：「雷響八方——」

雷吟自後一劍攻到，躍身踢出一足，喝道：「雷吟八日——」

石砥中神色凝重，冷笑一聲，以臂當劍，一招「將軍彎弓」，護住身子，只聽雷鳴道：

「雷鳴九霄——」

劍風乍起，有如雷擊，隆隆之聲不絕，三支鑠鑠的長劍自三個不定的方位橫削過來，劍刃劃過，銳利的劍氣閃過濛濛的青光。

「雷嘯萬物——」

雷嘯橫劍凝立，大喝一聲，如負千斤重擔般地迎著石砥中的身子緩緩推出一劍！

劍聲如雷星似芒，四支鑠鑠的長劍劃起耀眼的銀虹，蓋天覆地繞著石砥中周身上下飛舞。

石砥中曲伸左臂，掌刃朝外，迎向四大神通襲來的長劍，施出「將軍十二截」的「將軍揮戈」，剎那之間，掌嘯斜拍，至猛至剛的「般若真氣」如雷擊出，四柄璀璨的寒劍，登時被震得盪了開來！

但是，自四方襲來的千鈞之力，使石砥中感到壓力奇重，如負重石，那湧現的浩瀚的勁道，似是愈來愈大，通身護繞的「般若真氣」，有似要被震破一般——

雷嘯喘著氣大喝道：「天雷轟頂！」

只見四柄寒光四射的長劍，這時爆出縷縷燦爛奪目的劍芒，四劍高舉，緩緩地逼將過來。

石砥中沉喝道：「你想同歸於盡？」

他面色沉凝，雙掌倏落胸前，黑暗中，他目中碧光大盛，泛出碧綠色……。

雷鳴驚呼道：「這小子的眼睛怎麼變色？」

石砥中冷哼一聲，揉身垂直而躍，對著四柄斜落的長劍橫空抓去，嘶嘶的指風，有如千道銳利小劍！

「呃！」

光華乍閃即隱，五道人影陡地分了開來，周遭霎時變得沉靜至極。

四大神通額前見汗，面色俱呈蒼白，他們雙手緊緊握住劍柄，往後抽拉，但是那縷縷指風竟扣得他們喘不過氣來，像要把他們撕裂一般。

石砥中雙手一鬆，大喝道：「去吧！」

四大神通只覺得身上的壓力一失，胸前似有受到巨錘的一擊，悶哼一聲，四人同時翻倒在地上。

這四柄寒芒射舞的長劍落地之後，竟片片而斷，有如腐朽的枯骨，一摧而毀。

雷吟惶慄地道：「你是五毒門的……。」

石砥中承受這四柄長劍的一擊之後，自己全身的經脈有似糾結起來一般，丹田之處的真氣流竄奔放，也像散了開來。

他深吸一口氣，緩緩地道：「今日你們的死期到了！」

他目中碧光大盛，像是兩盞綠燈一樣駭人，四大神通望著逼人的目光，不覺得各自打了一個冷顫，一絲恐懼倏然掠過心頭。

雷嘯急喝道：「快退！」

四大神通各自一晃身形，倏落丈外之處，石砥中望著他們狼狽的情形，不由冷笑道：「你們跑不了的！」

雷鳴從地上一躍而起，他一曳袍角，自七尺之外橫跨而至，閃向一塊巨石之旁，冷笑道：「小子少狂，你死定了！」

說至此處，他突然巨嘴一張，立時噴出一道血箭，身形一晃，爬前兩步，又道：「石砥中，你看這是什麼？」

只見他巨掌在石上輕輕一拍，石洞中忽然嘯聲大作，石砥中愕然回顧，不由忖道：「這是什麼聲音？難道這裡還有更厲害的埋伏？」

雷響哈哈狂笑，道：「你上當了！」

石砥中怒叱道：「你敢！」

他身形方動，已是無及，只見一張銀色巨網罩上他的全身，這層巨網來得無聲，石砥中愕然失顧，只覺全身已遭巨網拉向半空，動彈不得。

雷吟撫胸喘息，狂笑道：「石砥中，這下可沒人救你了！」

那層巨網愈收愈緊，漸漸把石砥中拉向空中，他奮力一掙，只覺那層網絲堅硬如鐵，竟然無法扯斷。

他暗中一駭，忖道：「這是什麼東西做的？這般堅韌……。」

他正忖思間，已響起雷鳴的笑聲，道：「小子，你別白費力氣了，這是千年蜘蛛網，不管多大的力道都無法把它震斷，更不畏任何神劍利器。」

他面現獰笑，道：「我們現在殺你易如反掌，但我們現在不願殺你，因為我們已想出處理你的方法。」

雷嘯上前大踏數步，道：「不行，這樣太便宜他了。」

他一揮掌，罩著吊在半空的石砥中擊出一掌，這一掌十分用力，掌緣削過，結結實實地擊在石砥中背上。

石砥中見那層純如星芒的銀絲愈收愈緊，竟動彈不得，雷嘯這一掌擊來，他根本閃避不了，冷笑一聲，忙運力於背上，硬接下這沉重的一擊。

他目眥欲裂，怒笑道：「雷嘯，等會死的第一個就是你！」這一句話沉猛有力，竟使雷嘯全身一震，恍如遭到雷殛一般，絲絲涼意直冒心頭，他全身頓時涼了半截。

雷嘯心中大駭，只覺這句話像宣判了死刑一樣，他厲聲一笑，怒道：「好小子，你還敢發狠！」

雷響疾然一擋雷嘯，道：「這小子已死定了，還理他作甚，咄！石砥中，大爺成全你了！」

只見他嘿嘿一笑，朝向石砥中背後徐徐推出一股勁力，把石砥中推往洞外而去！

石砥中只覺腦中嗡嗡作鳴，自四方吹來寒冷的涼風，襲得他通體寒悚，他瞬目一睜，只見自己身在高空，那個蛛絲網捆得他喘不過氣來，順著頂空那條繩索，他身子漸漸往下直掉落去了。

他暗中往下一瞧，登時心中一冷，忖道：「完了，下面黑煙直冒，顯然是個火山口，他們這手好狠，竟要把我拋在火焰之中。」

倏地，地下的雷吟哈哈狂笑，道：「石砥中，我們再會了！」

石砥中只覺身子一震，倏然往火山口處落去，他索性閉上雙目，任憑盪動落去！

烈焰四射，黑煙騰空，高聳在雲霄之中，石砥中的身子被吞噬了，沒落於火山口裡。

居於火山下的四大神通開始笑了，他們笑得十分得意，四人相互擁抱而笑，笑聲震徹了山谷，笑聲……。

突然，雷鳴全身一震，笑聲突然一斂，他的目光泛出了駭然之色，良久說不出話來。

他顫聲道：「這是不可能的！」

事實勝於雄辯，石砥中好端端地站在他們眼前，四大神通齊都呆愣住了，驚疑地望著這個不死的年輕人。

石砥中衣衫已經焦破，滿臉的灰黑，他冷冷地道：「你們以為我死了嗎？」

雷響垂頭喪氣地道：「是啊！」

石砥中冷冷地道：「千年蛛絲網雖然不畏任何神劍利器，卻也不是什麼了不起的東西，就是因為你們把我丟進火山口而救了我一命，這個不是你們所想得到的吧！」

雷吟惑然地道：「我不懂你的意思？」

石砥中冷笑道：「很簡單，天下凶物銳器必然相制相剋，蛛絲網雖為百柔之最，卻最忌烈火焚燒，一遇熱灼，便化水而失，我就是在這種情形之下遇救的。」

雷嘯聽至此處，氣得狂叫一聲：「氣死我了！」

只見他身子一顫，嘴角上倏然流下一縷血水，雙目翻白，便已死去，但那股暴戾之氣，依然支持著他，未曾倒下去。

雷吟上前一摸鼻息，雷嘯身子才轟然而倒，他驚道：「他死了！」

石砥中冷笑道：「攻敵先攻心，他是被我氣死的！」

雷鳴氣極，怒笑一聲，一振長劍，斜刺而來，吼道：「我跟你拚了！」

石砥中轉身輕掠，冷笑道：「咎由自取，這也怨不得我！」

語音一落，身形忽然捲起，左掌溜溜一轉，雷鳴尚未看清數路，全身已經離地而起。

雷響怒喝道：「石砥中，你敢再傷他？」

石砥中這時憤怒至極，他受七絕神君柴倫之託，必須把四大神通殺絕，手下已不再留情，長笑一聲，把雷鳴的身軀往前一舉，迎上雷鳴、雷吟的長劍砸去！

「呃！」雷鳴慘嗥一聲，雷鳴的左臂與頭顱盡削而落，血影濺起，灑落滿地，死狀淒慘，不忍卒睹。

雷吟厲聲一笑，道：「大哥，二位兄弟已逝，我們還留在世上做什麼？」

「鏘鋃！」聲裡，手中那柄閃亮的長劍連斷數截，只剩下劍柄留在手上。

他手腕一抖，雷響一見大驚，急道：「弟弟，你……。」

雷吟慘然地道：「大哥，我去了！」

他說話之際，陡地一掠身形，朝身前六尺的那塊巨石之上撞去！

腦漿四溢，血影飛濺，地上留下了一灘鮮紅的血，染遍了巨石，潤濕了黃土。

雷響見三個弟弟先後而去，心中傷痛欲絕，狂笑一聲，拔足往火山口飛去！

石砥中這時心中自有一份感傷，忽然有種莫名其妙的思想掠過腦際，他神色一驚，駭道：「你做什麼？」

雷響回身，慘然道：「我連死的自由都沒有嗎？」

石砥中一呆，吶吶不知所云，望著雷響逝去的身影，發出低聲的嘆息，他沉重地提起步子，向石洞外行去。

火山口上揚出一股焦臭的黑煙，一切又歸於寂靜。

第十五章　碧眼魔女

轆轆的車輪聲，從西方輾轉過來。

遙遙望去，一輛黑色的馬車疾駛而至。

馬上的鈴聲，細碎的蹄聲，馳過村莊，穿過小溪行至大陽莊前，戛然而止。

趕車的那個滿頭長髮、瘦削矮小的中年漢子望了望大陽莊，在車上哈哈一笑，弓身一躍，飛身落地。

他輕拉車門，道：「韻珠，下來吧，今夜我們在這裡等他。」

車簾掀起，自車中緩緩走出一個紫肩披風、頭盤髮髻的秀麗少女。

她望了望彩雲密布的天空，又理了理額前的一綹黑髮，道：「大舅，他真會從這裡路過？」

千毒郎君丁一平頷首道：「一定一定，這是通往崑崙山的惟一道路，我已打聽清楚，中午不到晚上必能趕來！」

施韻珠黛眉輕舒，嘟著嘴道：「大舅，石砥中若是不來呢？」

千毒郎君丁一平嘿嘿笑道：「不會，不會，石砥中連斃四大神通，已傳遍整個天下武林，江湖人現在對他的行蹤甚是注意，他人雖然還沒到來，已有傳言飛來。」

施韻珠疑惑地道：「二帝三神君、四大神通都是江湖上的頂尖高手，他真能把四大神通一舉消滅？」

千毒郎君想了一下，道：「這很難說，石砥中福緣奇厚，功夫學得很雜，也許他已有新的險遇，遂能把四大神通格斃，不過傳言是真是假，只有見了面才知道。」

他皺了一下眉頭，道：「說實在的，這小子那副打不死的狠勁，連我老毒物都自嘆弗如，深深佩服。」

施韻珠聽到千毒郎君丁一平稱讚石砥中，芳心不由一甜，暗中歡愉不已，她狂喜忖道：「實在令人喜歡，我施韻珠能嫁個這樣的丈夫，這一生也足堪欣慰了。」

忖念至此，芳心中倏然掠過石砥中那瀟灑不羈的樣子，如影浮現閃過她的腦海之中，她雙頰發燒，忙以掌撫頰，忖道：「嘿，羞死了，一個未出嫁的姑娘想這種事，給大舅知道了．他不取笑我才怪！」

她忙一整衣衫，羞態畢露，千毒郎君丁一平不知她心中所想，一見這種情形，以為她在擔心石砥中的行蹤，怕又碰不上面……。

他冷冷一笑，道：「韻珠，你放心，這次非把他找到不可，否則被柴倫那老小子趕下山來豈非冤枉？」

他頓了一下，道：「這次為了你的婚事，我們跋涉萬里長途來到崑崙，若不將你嫁掉，我也不好過呀，唉！女大十八變。」

施韻珠心中狂跳一下，尚以為自己的心事讓千毒郎君丁一平看出來了，羞得低著臻首，扭捏地道：「大舅！」

千毒郎君丁一平哈哈拂髯，再道：「怎麼害羞啦！」

這才羞人呢！施韻珠只覺得全身不舒服，胸口有如小鹿直撞，一種少女的矜持，使她低頭轉過身子。

誰知她方轉過身子，忽然望見大陽莊的大門緩緩而開，從裡面走出一個身著玄綠衣衫、雙睛泛碧的少女，冷冰冰地走出來。

施韻珠神色一愕，猜不出這女子是何路數，既然從大陽莊出來，必是莊中之人，她也懶得多問。

奇怪的是，那雙目泛碧的少女出得大陽莊後，一副冷憨的樣子，對千毒郎君丁一平和施韻珠瞧都不瞧一眼，自己孤零零地佇立在路旁，望著前方那條大道。

千毒郎君丁一平心中一震，望著那雙碧綠的眸子，他恍如中魔一般，深深注視那女子的一舉一動。

這女子行動怪異，古怪處確實令人懷疑。

他電疾掠過一個念頭，忖道：「這女子雙目詭異，像是練有一種絕毒神功，莫非是我毒門中人？但除了那雙勾人魂魄的眸子有異外，其他倒也找不出可疑之處。」

敢情她也在等人？等誰？是否也是衝著石砥中來的，若是——

施韻珠見千毒郎君丁一平那種失魂落魄的樣子，不禁噗嗤一笑，輕聲地道：「大舅！」

千毒郎君丁一平對這聲低低的輕喚，充耳未聞，依然窺視那怪異女子的一舉一動，就是細微的地方，他都不肯放過，好像發現了一樁與他有關的大事。

那女子突然一聲冷哼，側首望了千毒郎君丁一平一眼，面上一冷，薄怒地叱道：「你這老不死的，儘瞧著我作甚？」

千毒郎君丁一平神色微變，他不愧是老江湖，哈哈一笑，掩飾過自己的窘態，尷尬地略略拱手，道：「姑娘人中之鳳，敢問姑娘出身何門？」

那女子碧目一瞪，怒道：「我問你為什麼瞧著我不放？」

千毒郎君丁一平大怒，道：「我瞧我的，管你屁事！」

在他想來，這冷傲的怪異女子聽完話後，必會暴怒非常，哪知這個老江湖估計錯了！

那女子非但未怒，反而和緩地笑道：「你這對眼珠子很是討厭，乾脆我替你挖出來算了。」

這些話聽來平和已極，絕不像是發自一個西域第一魔女高手的口中，她語聲婉轉，悅耳醒目，語氣未帶絲毫殺伐之意。

她身形隨聲而動，未見起步作勢，身子已直欺而來，駢指如戟，電疾往千毒郎君丁一平雙目刺來！

千毒郎君丁一平暗中大駭，何曾料及那女子身法如此快速，他忙縮頭彎身，斜向那女子雙腕脈之處，掌鋒如刃，斜削而落。

他怒叱道：「丁某人生平還未見過你這種狠毒的女人。」

那女子哼聲一笑，道：「現在讓你看看！」

她玉腕一轉，左足忽地踢出，腿影如山，玉掌已接連拍出六掌，掌掌不離千毒郎君丁一平的致命要害。

這六掌一腿看似平淡無奇，實是包羅萬象，千毒郎君丁一平那麼高的功力，也被逼得手忙腳亂，忙亂中一招「金尺量天」，方算避過這致命的幾掌。

那女子咦的一聲，道：「你怎麼會『陰陽雙尺』的功夫！」

千毒郎君丁一平何曾如此狼狽過，自己會盡天下各路英雄，也未曾像今日這樣的連挨六掌一腿，連還手的餘地都沒有。

他愈想愈氣，狂怒道：「賤丫頭，你管我會什麼功夫！」

雙掌平垂胸前，大步往前急行兩步，「嘿」地一聲，兩股氣勁呼嘯往那女子衝去！

那女子冷笑道：「你不說，我也會知道你是誰！」

她倏地身軀回轉，「啪」地一聲，雙掌互相交拍，斜穿擊出一式，腥風激旋湧蕩，舒捲而去。

轟然一聲巨響，草根掀起，狂風大作，兩股掌風在空中相接，彙聚成一道氣勁，直對地上引去，轟然聲中，硬生生將地上擊起一個大坑，沙土激揚，瀰漫四周……。

這兩大高手時起時落交互出手，直看得施韻珠心驚膽顫，插不上手去，一顆心始終吊在半空，不由替千毒郎君擔起心來。

倏地，千毒郎君哈哈大笑，道：「你已中了大爺的毒魔指，還不趕快……。」

那女子冷哼道：「你還不是中了我的紅蜈蚣一口。」

千毒郎君面色一變，道：「你也會用毒？」

那女子冷笑道：「我出身玩毒世家，是弄毒的祖宗。」

千毒郎君趕忙摸出一顆藥丸塞入嘴裡，暗運真力一周天，捲起袖子，目泛殺意，嘿嘿大笑，道：「毒人碰上毒人，你再嘗嘗我的無影之毒。」

那女子神色一怔，旋即一笑，道：「我竟忘了你會毒魔指……喂，你是毒門老幾？」

千毒郎君丁一平忽然聽她提出毒門中事，頓時愣了一愣，他以為此女是毒門五聖手下，不由冷哼道：「我是毒門丁老二。」

那女子忽然面泛煞氣，雙掌輕舒，掌心之中，現出了兩條隱隱的毒龍，這兩條毒龍通身赤紅，深深嵌進掌心之內，恍如印刻上去的。

她雙掌一吐，厲聲道：「這個你認識吧！」

千毒郎君全身悚顫，顫聲道：「二龍在握……你是毒門掌門……尊者還沒忘了我？」

碧眼魔女冷冷地道：「你背叛師門，把毒門弄得南北分支，尊者含恨而逝，這些血債都是你一手做成的，我烏麗娃奉師尊之命，重振毒門，盡殺叛離者，丁一平，你納命吧！」

說完，她目光漸呈綠色，泛出窒人的光芒。

千毒郎君丁一平駭異不已，目露畏懼之色，嚇得倒退數步，連搖雙掌，急急大聲道：「不，不，那是毒門五聖。」

碧眼魔女冰冷地道：「這事尊者早已調查清楚，你罪有餘辜，任何人都不能救你，這些年來，你也逍遙夠了，師尊在九幽之下，還等著你去贖罪呢！」

玉掌往上一翻，目中綠光大盛，步下輕移，掌心透出一股烏黑的光華，而那二條毒龍也泛出特異的光彩，遠遠望去，好不嚇人。

施韻珠一見大駭，忙執劍而至，叱道：「你不要傷我大舅！」

碧眼魔女回首，冷冷地道：「你站開點！」

施韻珠本是勇氣澎湃，欲上前助手，哪知目光和她的雙目一接，頓時被那種令人心悸的碧綠目光嚇得倒退不迭，不知怎地，她一見這種怪異的目光，便覺得勇氣全消，通身泛起一絲寒慄，顫抖不歇。

千毒郎君深深凝望施韻珠一眼，道：「韻珠，你走吧，大舅已準備跟她拚了！」

這個終生弄毒的老江湖，在這一刻也不由流露真摯的情感，望著唯一的親人，有一種未曾有過的傷感。

施韻珠正自感傷的時候，忽聞一聲高亢的馬嘶，扭首望去，只見蒼茫的大道上，現出了一道紅影。

她一眼認出，那是汗血馬的長嘶，紅影如閃，電掣騰空，跨天而來。

她欣喜地高聲叫道：「石砥中！」

碧眼魔女一愣，問道：「什麼？你說騎在紅馬上的是石砥中嗎？」

施韻珠心中甜甜地道：「是啊，他就是回天劍客石砥中……你怎麼認得他？」

她目露疑惑之色，深深注視這個奇異的女子，在她的心中也泛起了一陣從未有過的醋意……。

× × ×

石砥中策騎如電，握著馬韁，見大道上有二女一男擋住去路，心中深感訝異，遠遠望去，他看清了那是千毒郎君丁一平和施韻珠，另一個他就不認識了。

他注視了那女子一眼，忽然大懍，覺得這女子的雙目和他同樣會泛出碧綠之色，這是什麼原因？

更令他懍異的事情尚在此，千毒郎君丁一平的驚悸之色，目中凶光盡失，畏懼地萎縮在那裡，雙掌雖前後相交，總是不敢攻向碧眼魔女。

碧眼魔女望向豐朗俊逸、瀟灑不羈的石砥中，心頭陡地一震，像是遇見了煞星一般，伸出的玉掌也忘了收回來，只是愣愣地望著。

石砥中飄身落馬，注視著施韻珠，道：「你怎麼會在這裡呀！」

施韻珠不勝羞態斂衽，道：「我和大舅來找你！」

「找我！」石砥中微感意外，道：「找我有什麼事？」

施韻珠面色微紅，吶吶不知所云，她哪能說出自己找他是為了婚事，忸怩地偏頭他顧，這時深深渴望千毒郎君丁一平能把來的目的細說出來。

「石砥中！」碧眼魔女道：「長天一點碧！」

石砥中一愣，料想不到此女會毒門五聖的歌訣。

他不是毒門中人，當然不會說出下一句口訣，仍是傲然立在地上，玉面浮現出一層湛然的光彩。

一旁的千毒郎君這下可急了，他一見石砥中那種愛理不理的樣子，頓知要糟，暗中運指在地上虛虛的寫了幾個字，給石砥中一個暗示。

石砥中焉有不知千毒郎君心意之理，斜睨了地上一眼，黃澄澄的泥土上，現出了淡淡的指痕，「萬毒滿天地」幾個字清晰地隱現出來。

千毒郎君丁一平左右微移，便已把地上所寫的字跡抹掉。

石砥中看完後，冷哼道：「我不是毒門中人，為什麼要答下一句口訣？」

碧眼魔女見石砥中久久不答，訝異地道：「你不是我們毒門中人？」

石砥中冷冷道：「不是又怎麼樣？」

碧眼魔女神色略慍，嬌憨地喝道：「你既非毒門中人，毒魔神功從何而來？」

石砥中怒形於色地道：「你憑什麼要我回答你的問題！」

碧眼魔女自出江湖之後，哪個不前恭後迎，誰敢在她面前說個不字，石砥中這種傲然無物的狂氣，直氣得她花顫枝搖，全身骨骼一陣密響。

碧目一寒，射出了煞人的星芒……。

「何處狂人敢頂撞我們小姐。」

喝聲裡，大陽莊撲出來六個彩衣少女，這些彩衣少女足下如飛，她們雙目似瞎，每次躍起都得投劍問路，行動上不禁慢了許多。

千毒郎君見這些瞎目彩衣少女出現之後，神色中更形驚懼，身形平空掠起，急喝道：「快阻止她們過來！」

石砥中見千毒郎君丁一平面色這般凝重，頓知事態嚴重，這些彩衣少女必是有著懍人的絕技，否則必攜有極厲害的毒物。

石砥中身形往前一閃，伏身在地上拾起十二塊石子，趁著彩衣少女未到之際，把那十二塊石子擺了一個陣勢，阻去了來路。

那些彩衣少女在石陣之中左撲右閃，居然無法躍過那僅僅的十二顆石子，她們怒喝叫罵，陣外的人竟是一點聲息都聽不到，豈非是聾人聽聞的事情。

碧眼魔女怒叱一聲，道：「放她們出來！」

她深深吸口氣，全身衣衫緩緩鼓起，隨著目光呈現出碧綠之色，右掌發出彩色光華，緩緩而出！

石砥中見她面罩薄霜，一臉的冰冷之色，在陽光下顯現出瑩白如玉的少女面龐。

他神色一怔，那沉重如山的氣勁，已經壓體而至。

千毒郎君喝道：「毒魔神功！」

石砥中見到對方一個荳蔻年華的少女也會這種霸道的魔功。腳下一滑，右掌斜側擊出！

碧眼魔女冷哼一聲，雙掌略一晃動，氣勁旋激，那雪白的玉掌立時變為粉紅，似乎有著霞光射出，激豔流射，彩霞湧激……。

「嗤嗤！」兩股勁道相觸，發出有如熱湯潑雪的響聲，氣勁如旋，泥沙捲起，盤旋直入空中。

「砰！」巨雷似的一聲大響，碧眼魔女身形一陣搖晃，立定不住，後退了數步，「哇！」的吐出一口鮮血，黃土上立時點綴幾點鮮豔的紅花。

她面色嫣紅，默然落下兩滴眼淚，擦了擦嘴角上的血漬，低聲嘆道：「這是我第一次失敗，失敗在中原的回天劍客手裡……。」

她淒然一聲，怒笑道：「失敗並不是羞恥，但我要明白失敗的原因。」

石砥中見她那種傷心的樣子，知道這是一個練武人落寞神傷的悲哀，以往他也曾有過這種心情，那是失敗在天龍大帝手裡的時候，一招不到自己便落敗，當時的心情不正是和這個女子一樣嗎？

由碧眼魔女的樣子，他想到自己的過去。

他面上略顯蒼白，道：「姑娘並沒有失敗，適才在下若不是偷巧的話，受傷的不是你而是我，姑娘明察秋毫，當知我所言非虛。」

碧眼魔女略略平復心血的倒流，道：「我適才一記毒魔神功已出了十二成功力，西域高手如林，卻也鮮有人敢接我一掌，而你隨手一掌便把我震傷，這又有什麼取巧呢？」

要知內力相搏絕對取巧不得，稍有不慎便會命喪當場，石砥中一掌能夠挫敗西域第一魔女，自是震古鑠今。

石砥中搖首道：「姑娘，我也是以毒魔神功硬接一掌，再聯『般若真氣』輔佐，接引之間，卸力不少。」

碧眼魔女目泛碧綠，恨道：「好，我倆有再會之日，你把她們放出來吧。」

她走到千毒郎君丁一平面前，冷冷地道：「今日暫時饒你一命，當我報了一掌之仇後，再來取汝狗命，你等著瞧吧，時間不會太長……。」

石砥中撤去石陣後，碧眼魔女率領六個彩衣少女消逝於大陽莊，走得一乾二淨。

旁側的施韻珠脈脈含情地深注著自己的心上人一掌挫敗西域第一大高手，心中不禁泛出欣慰的感覺，她小嘴一嘟，向千毒郎君施了一個眼色。

千毒郎君適才震懔於石砥中的武功，心中又妒又羨，他這時才知道自己性命隨時有交代給碧眼魔女的一日，自是惶惶不安，心念一轉，頓時有巴結石砥中的意思。

他目睹施韻珠那種樣子，哈哈笑道：「石兄功力蓋世，我實在嘆服不已。」

石砥中心中一愣，料不到堂堂的三君之一會忽然改變成這種口氣，他素知千毒郎君弄毒手法堪稱天下一絕，暗中不由存了幾分警惕之心。

千毒郎君一指施韻珠，道：「她，我交給你啦！」

「交給我！」石砥中愣愣地道：「這怎麼可以？」

千毒郎君丁一平神色微變，道：「她是你的妻子，為什麼不可以？」

石砥中心中只有一個東方萍，任何女孩子都沒法打動他的心，施韻珠雖是國色天香，奈何心有所鍾，這份心意他只有心領了。

他歉然望了施韻珠一眼，道：「我們哪有夫妻的名分？」

施韻珠面色霎時大變，石砥中的語聲像利劍一樣深深刺痛她的心，她全身麻木了，所有的神經都麻痹了，她覺得天在轉，地在旋，一切的一切都粉碎了。

她的淚珠兒顆顆滾落，傷心地「呃！」了一聲，慘痛的巨響，使她原有的美夢，像泡沫般地碎裂了……。

第十六章　流水無情

晚風飄過空際，迴盪在半空裡。

白雲繚繞中，幾隻歸鴉振動著翅膀低低掠過穹蒼，拖著曳長的影子，消逝於重疊的山巒後面。

在這個小山崗上，幾株脫落了樹葉的枯樹，枯瘦的樹枝高高伸入天空，更顯得蒼涼孤寂……。

施韻珠望著遠遠的天邊，有一種跌落在萬丈深淵的感覺，恍如已脫離這世界，這個身子再也不屬於自己了……。

纖瘦的身軀輕輕一顫，她的臉色變得更加蒼白，連那原有的淡淡紅暈也都逐漸消去，那種痛苦惆悵的神色，顯示著她此刻是何等的哀傷。

石砥中怕她跌倒，趕忙上前扶著她，歉然道：「韻珠，原諒我！」

施韻珠兩眼湧出淚珠，斜倚在石砥中的懷裡，輕聲地飲泣著……。她陡地伸出雙臂，緊緊摟住石砥中，嘴唇翕動，發出難以聽見的殘碎話聲，低聲呢喃著……。

石砥中怕自己的感情上陷得太深，忙輕輕地把她推開，道：「韻珠，冷靜點！」

「呃！」施韻珠惟恐失去這片刻的溫馨，緊緊抓住他的雙手，近乎哀求地道：「砥中，抱緊我，我只要這一刻——」

石砥中幾乎不忍違拂這片刻的要求，但是東方萍的影子在他腦海中愈來愈清晰。

他神色一凜，暗暗自責道：「我怎會這般糊塗？雖然萍萍已經許配給別人，但是我也不應這樣，否則我便對不起自己的良心！」

他心念一定，立即當機立斷，暗暗咬緊牙關，把施韻珠推開五尺之外，雖然他知道這樣會令施韻珠更加傷心，但是為了東方萍，他不能不硬起心腸，拂逆另一個女孩子的情意。

施韻珠正自沉醉在剎那的溫馨裡，突然被他推了開去，不禁驚得臉上變色，指著石砥中，一句話也說不出來。

好半晌她才說道：「你……。」

石砥中冷靜地嘆道：「韻珠，你何必作繭自縛……我是不會愛上任何一個女孩子的，你這樣只有更加痛苦……。」

施韻珠面色慘白，全身起了陣陣的抽搐，眸子裡閃動幽怨的淚光，一顆顆晶瑩的淚珠緩緩流過臉頰，滴落在衣襟上。

她痛苦地發出一聲沙啞的呻吟，雙手緊緊抓住胸前的衣裳，恍如想要把它撕碎一樣，纖柔的身軀搖搖晃晃，幾乎像是要摔倒地上。

她咬著嘴唇，半晌方始迸出一句話：「你……你難道不容許我在你心中有一絲的地位嗎？」

石砥中在去滅神島時，曾在海上和施韻珠共處於船中，兩人雖然相處時間不久，但施韻珠卻情愫已生，暗暗已經心許，無奈石砥中心裡只有一個東方萍，只好把她的愛意藏諸腦後，而不願再牽連上這種情愫。

他腦海裡掠過無數的思緒，心情漸漸有些不寧，雙目一睜，堅決地道：「我說過不會再愛上其他女人，你的情意我只好心領了，因為我的心早已給了別人……。」

「你太絕情了！」施韻珠低聲嘆息道：「就因為你有這種男人的獨有氣質，所以女孩子都想取悅你，親近你，但是我卻想不到我會失敗……。」

她不禁為自己的失敗而感到悲傷，發出一陣低泣，泣聲憂沉，給暮色添加了更多的淒涼……。

千毒郎君丁一平此刻見石砥中絕決得太過於無情，氣得滿頭長髮豎起。

他怒聲笑道：「石砥中，你真的不要她？」

石砥中正在感到難過之際，驟聞這聲怒喝，怔了一怔，側身冷冷地道：「我無法答應閣下的要求！」

「哼！」千毒郎君跨前三步，道：「你說得好輕鬆，一個女孩子的感情是如此容易玩弄的嗎？」

他兩眼圓睜地道：「你在東海之上還答應過我，要娶韻珠的，現在卻……。」

只見他巨掌一揮，發出一溜尖銳的響聲，掠過石砥中的頭上，急劈而下。

石砥中疾退半步，雙眉一聳，左手迅速如電地往上一撩，五指合處，已往千毒郎君脈門抓去。

他這一式隱含幾個變化，指風如錐，直把千毒郎君嚇得全身一震，身形往外一旋，慌忙收掌而退，指風過處竟刺得他右臂生疼。

石砥中冷哼一聲，輕哂道：「你說話最好冷靜一點，這樣顛三倒四，黑白不分，休怪我不留情面……。」

千毒郎君怒吼道：「氣死我也！」

他全身骨骼一陣密響，灰色的裳袍也隱隱鼓起，臉色猙獰地怒視著石砥中。

他嗤嗤一陣怪笑，十指倏然張開，道：「姓石的，你不要後悔！」

石砥中乍見他這種猙獰的樣子，不禁一怔，隨即仰天一聲長笑，「般若真氣」已布滿全身，只見他雙手一合，護住胸前，氣勁嗤嗤地輕響，激旋動盪。

他冷冷地道：「在下做事從不後悔，閣下施毒吧！」

千毒郎君丁一平這時被石砥中豪氣干雲的氣概所懾，神色間流露出一層寒意。

他深吸口氣，眼中閃過凶狠的光芒，就欲以「無影之毒」毀石砥中於當場。

施韻珠佇立地上，見這兩人為了自己，轉眼便要做出捨生忘死之鬥，芳心之中有如萬劍穿刺。

她輕拭眼角的淚水，忽然瞥見千毒郎君臉上浮起暗綠之色，一股神秘恐怖的氣氛籠罩著他全身……。

她全身一顫，凜然道：「大舅，你不能……。」

千毒郎君正待施出毒絕天下的「無影之毒」，驟聞這聲急呼，神智不由一怔，忖道：「倘若我施出無影之毒，石砥中必然難逃一死，但那樣，施韻珠會恨我一輩子，永遠都不會寬恕我，這樣一來，我又怎對得起我妹子？」

意念急轉，他只覺得這一切都是自己的錯，是自己不該在當初為了「還魂草」而硬把她撮合給石砥中，而使得她現在受到如此痛苦。

他緩緩鬆懈了凝聚於雙掌的劇毒，輕輕一抖，只見到一層淡無痕跡的白霧微微一揚，四周的青草霎時便變為黃色，萎頓地死去。

石砥中一凜，沒想到「無影之毒」真是如此之毒。

施韻珠瞥了他一眼，輕輕嘆了口氣，道：「大舅，我們走吧！」

「走？」千毒郎君怔道：「走到哪裡去？要走你跟他走吧，我可不會跟去！」

施韻珠淒然一笑，道：「大舅，我會找到自己的歸宿，你不要替我操心。」

她說得雖然平緩異常，話聲卻不禁微微地顫抖，說到後來，眼中泛現著令人憐惜的柔情，癡癡地瞥了石砥中一眼。

這一眼包含了多少柔情蜜意，辛酸血淚，全都流瀉而出。

石砥中這時也禁不住內心情緒激動，深深凝視著施韻珠，自心底發出深沉的嘆息。

他緩緩地搖搖頭，苦笑道：「韻珠，我辜負你的一番情意，太對不起你了。」

他只覺心中鬱悶欲死，全身經脈幾乎漲裂開來，雙掌中也沁出汗水。

施韻珠淚水滴滴掉落，道：「由於你的幸運，造成我的痛苦，但是，我卻無法恨你，我祝你永遠幸運。」

石砥中這時臉上一片茫然，細細咀嚼著這足堪回味的兩句話，他嘴唇顫動了一下，喃喃地道：「幸運是什麼？痛苦又是什麼？」

施韻珠淒然一笑，道：「幸運的是有許多女孩子死心塌地的愛著你，痛苦的是那些女孩子為著你流淚悲傷，在祝禱，在企望……。」

石砥中還是初次聽見女孩子對他道出自己感受的心聲，訴說女人對男人的愛慕，他想到了東方萍、上官婉兒、何小媛、西門婕……。

他撫心自問：「我為什麼會使她們如此愛我？她們為什麼要愛我？這是不值得的事啊！我寧願活在美麗的回憶裡，也不願再次觸摸光彩燦爛的戀愛，更不想再去傷害一個少女的心了……。」

他腦中思緒紊亂異常，苦笑道：「時過境遷，以後我們都會忘記的！」

「忘不了的，除非是我死了！」施韻珠斬鐵斷鋼地道：「因為你在我心中已烙上了不可磨滅的影子，當我生命終結的時候，你的影子才會自我腦中消逝。」

石砥中感動地道：「你這又是何苦？何必摧殘自己。」

施韻珠搖頭道：「沒有愛情的滋潤，這個世界也就枯澀起來，生命的意義本就要靠愛去維繫，缺少了愛，生命便無價值，你一定會笑我傻，其實愛情的本身何嘗不是一件傻事呢？」

她說到這裡，突地一笑道：「有人說嫁一個所愛的人，不如嫁一個愛你的人，我認為兩者之間，都有取捨的地方……。」

石砥中愕然望著這個平日沉默寡言的少女，她為何今天會說出這麼多的人生真諦，難道女人在愛情方面的感受，確實要比男人靈敏嗎？

施韻珠見他沉思不語，長嘆一聲，幽幽地道：「今生我知道自己沒有辦法抓住你了，因為你的心已給了另一個少女，我很羨慕她，也很嫉妒她；我羨慕她能獲得你忠誠的愛，妒忌她奪去了我所鍾愛的人，但是我並不恨她，只怨我自己命薄……。」

石砥中的心弦因為這陣如泣般的低訴，開始震盪起來，那由衷的心聲，旋激澎湃在他的胸膛，像一匹失韁的奔馬，震盪得令他有些承受不了。

他痛苦地揮出一掌，道：「晚了，晚了，只因我們相識得太晚了。」

「不晚！」施韻珠緊緊抓住這一線機會，鼓起最大的勇氣，摟抱著石砥中，道：「只要我們從頭做起，一切都還來得及……。」

石砥中這時忽然大怒，喝道：「你這個自私的女人，你只知道得到我而忽略了另一個少女的悲痛，你想我是那種朝三暮四的人嗎？韻珠，你想錯了，我絕不會和你在一起——」

施韻珠驚凜地抬起頭，眸中閃過一絲惶恐之色，她全身抽搐，低聲道：

「愛情本身就是自私的。」

「哼！」石砥中冷冷地道：「我不會把自己的快樂建築在別人的痛苦上。」

施韻珠見他起步欲行，顫聲道：「你要走？」

石砥中絕決地道：「我不能再在這裡忍受感情的撥弄。」

「你不要走！」施韻珠急喝道：「那我的感情又是被誰玩弄的呢？」

這時石砥中對施韻珠忽然感到厭惡異常，他知道自己只有惡言相加，方能逼使施韻珠死了這條心，心中一狠，故意裝成冰冷的樣子，傲然狂笑。

他笑聲一歇，冷道：「我石砥中不是玩弄感情的人，這一切的因果都是你自找的，因為我從沒有愛過你。」

說完後，他跨上汗血寶馬，長聲一陣大笑，發洩出內心的煩悶，似是輕鬆許多。

他端坐馬上，回身道：「我們再會了！」

只見他雙腿一挾馬腹，那匹汗血寶馬引頸一聲長嘶，撒開四蹄，往夜幕之中馳去！

× × ×

施韻珠驚悸地道：「他走了！」

千毒郎君丁一平陰沉地道：「他是走了，我們的心血都白費了！」

「哈哈哈哈！」施韻珠忽然大笑不歇，道：「我為什麼會這麼傻……。」笑聲裡，她抓亂了自己頭上的髮髻，霎時長髮披肩，隨風飄散開來，她雙眸泛射出詭異之色，像似一隻野狼，拚命往前飛跑而去。

千毒郎君見施韻珠那種淒厲痛苦的樣子，驚駭地一愣，他雖是一個毒人，卻對施韻珠鍾愛異常，乍然見她那種失魂落魄的形象，心中恍如受到捶擊似的絞痛。

千毒郎君目泛碧綠，顫聲道：「你想到哪裡去？」

施韻珠腦中混混沌沌，似是已經失去了理性，她盡揀荒蕪的小道奔馳，專往人跡罕至的地方奔去。

她厲笑一聲，道：「大舅，你走吧，我要走遍天涯，浪跡海角，度過這殘餘的生命，永遠伴隨寂寞……。」

千毒郎君身形一晃，搶前而去，道：「韻珠，這是不可能的呀，跟我回去，大舅再給你找一個比石砥中強上千倍的人。」

施韻珠勢子減慢，淒笑道：「我心已死，誰也不能再啟開我的心扉……。」

驀地，一縷潔潤的銀輝穿破雲層投射在地上，寒夜已悄悄來到人間，為大地披上一層夜的薄翼。

施韻珠望了望濛濛的天空，泛現無數晶瑩的星星，冷月斜移，灑下一片銀輝，而她的心裡卻有無限的感觸，她感到有一絲寒意襲上心頭，惆悵的心坎裡，孤寂得有如一潭泓水……。

千毒郎君輕輕握住她的玉臂，柔聲道：「韻珠，不要再想了，我們……。」

「不要動她！」

喝聲方落，只見從一塊巨石之後，緩緩走出一個人影，凝立在那裡，冷煞地望著千毒郎君。

千毒郎君借著月光，才看見這驀然急喝的人影，竟是一個年歲極輕的少年，他愕然道：「閣下說的可是老夫！」

那少年雙眉一蹙，冷冷地道：「敢情這裡還有別人，不是說你說的是誰？」

千毒郎君氣得鬚髮直豎，雙眼一寒，泛射著碧綠的光芒，他心中正感煩悶，一見有人衝著自己而來，那股怒氣陡然引發出來。

他嘿嘿笑道：「閣下有眼無珠，管閒事也得看清楚一點……。」

施韻珠打量那少年一眼，輕嘆道：「少年人，這裡的事你管不了，快走吧！」

那少年見施韻珠秀眉輕愁，櫻唇微張，挺直的鼻翅兒緩緩翕動著，縷縷青絲垂在她蒼白的臉頰上，使得她顯得更為楚楚可憐。

他似乎看呆了，好一會，他方始自紊亂中清醒過來，施韻珠的輕嘆，惶恐的語聲，更增加那少年的救美之心，他以為這姑娘畏懼這亂髮怪人，只道自己不是對方之敵，故意叫自己趕快走開。

那少年胸膛往前一挺，道：「姑娘勿怕，小可自忖應付得了。」

千毒郎君「嘿」地一聲，道：「好傢伙！」

只聽他大喝一聲，左掌一掌飛出，右手五指平切而去，掌影指風，一式「陰陽雙尺」，襲往那少年的胸前。

那少年只見對方手掌掄出，倏然變黑加粗，一股冷寒帶著腥味的氣勁朝自己襲來，他忙閉氣封穴，十成的功力運掌擊出，頓時只見他雙眉軒起，衣袍隆鼓……。

「砰！」恍如平地炸雷暴起，四周頓被勁氣所擊，塵沙碎石夾著草根掀起跌落下來，霎時泥沙彌漫半空。

那少年悶哼一聲，倒跌出六步之外，靠在石上，頭腦嗡嗡地有些不舒服。

千毒郎君身形只是微晃，面色猙獰地嘿嘿大笑，雙目生寒，往那少年逼視過去。

那少年略略運氣查看一下，從地上一跳躍將過來，他鏘鋃拔出了背上長劍，傲然道：「閣下好渾厚的掌力。」

千毒郎君見這少年安然無恙地躍將過來，不由一怔，沒料到對方小小年紀竟有這般功夫，他適才雖只不過用上四成功力，這少年尚能接得住他一掌，好像沒事一樣。

他嘿嘿一笑，濃眉不由往上挑起，道：「你再接我一掌試試！」

那少年這回可學乖了，未等他掌勢發出，身形已溜溜電疾一轉，忽地一推長劍道：「看劍！」

他劍身一振，「嗡嗡！」一聲中，辛辣詭奇地自偏鋒劃出一劍，劍刃往千毒郎君身上一拋一勾，森森劍氣泛體生寒，直使千毒郎君大驚失色。

這少年劍法詭異，竟使劍尖能顫動出條條真氣，圈圈點點，逼得千毒郎君根本不易發出真力傷人。

「好劍法！」

千毒郎君丁一平大喝一聲，忙不迭身形一退，正待運掌劈出，但見——劍光流轉，那少年揮出一片如扇劍影，滑溜無比地攻出兩劍，自左右襲來。

千毒郎君眼前劍影如扇，飛將而來，他沉身吸氣，便自將躍前的身子往下落去，掌緣一轉，一排掌影平擊而去！

誰知他一掌甫出，對方身形已傾，奇速似電地又攻出詭異莫測的兩劍。

這兩劍來得毫無影蹤，宛如羚羊掛角，沒有絲毫痕跡可尋，他腦中思緒轉動，竟沒有任何一招可以抵擋。

他毫不猶豫，腳下一滑，退移了五步。

但是儘管千毒郎君身形如飛，而那少年的劍光更是跟著他的身體如影隨形，劍光仍然指著他的關肘之處。

千毒郎君何曾遭遇這樣的敗績，上來未久便被這少年三劍逼退，他幾乎氣得仆倒於地，臉孔漲紅，大喝一聲，問道：「你這是什麼劍術？」

那少年大笑道：「這是『破斧沉舟』劍法。」

千毒郎君一愕道：「『破斧沉舟』劍術，哪有什麼『破斧沉舟』劍術？」

他喃喃自語，閃身一退，脫出劍圈之外，喝道：「小子，你看我的了！」

只見他雙目閃動深綠色光芒，雙掌箕張，恍如夜中厲鬼一般，緩緩往那少年逼了過去。

那少年乍見千毒郎君這種駭人的形象，頓時有一股窒人的寒意湧塞於喉間，他的目光同那雙碧綠的目光一接，頓時全身一顫。

他斜睨施韻珠一眼，只見她背著身子，凝望身前的一口古井，怔怔出神，對兩人的搏鬥好像沒有看見似的，那少年看得納罕不已，暗暗猜測這少女的來歷。

那少年也不敢有絲毫鬆弛大意，忙平劍於胸，作懷抱之狀，雙目凜凜地注視千毒郎君丁一平的一舉一動。

那少年面色凝重，忖道：「這個怪人武功高絕，他必有什麼毒功要施出來了。」

正在這時，施韻珠忽然回過身來，她一見千毒郎君丁一平的神色，頓時全身一顫，驚悸地「啊！」了一聲。

她惶恐地道：「大舅，你……。」

千毒郎君面泛煞氣，恨恨地道：「我要以一記毒魔神功結束這小子的性命！」

語音一落，雙掌已經驟然遞出。

施韻珠驚叫道：「大舅，我去了！」

她悲嘶一聲，尖叫衝破寂寂的穹空，身形往前一縱，嬌軀一轉之間，直往那口古井投落下去。

氣勁飛旋，激蕩洶湧，隆隆聲裡，千毒郎君的那一掌毒魔神功已經擊了出去。

但是由於施韻珠的一聲尖叫，使他心神一分，不自覺地收回數分力道，要想硬生生的收回全部掌力已是無及。

而他也一眼瞥見施韻珠正往那個古井投落下去。

轟然一聲巨響，恍如晴天霹靂，地上草根齊被勁風掀起，四濺飛散。

在這驚天動地的巨響中，那少年兩眼圓睜，腳下連退數步，步步入地三寸，等他立定身子的時候，泥土已掩過他的足踝。

他衣衫盡碎，被風刮去，只留下了貼身衣褲而已，使他驚得目瞪口呆，手中的長劍已被擊飛插在地上，尚不停地顫動著……。

他喃喃道：「毒魔神功！毒魔神功！」

他身形一抖，大聲問道：「你到底是誰？」

話未說完，便吐出一口血箭，倒在地上，但他雙耳還是凝神聽著千毒郎君的回答。

千毒郎君捨下那少年，未等掌勢使完，他便身形一晃，急然往古井奔去。

他回頭厲聲道：「我是千毒郎君，小子你是誰？」

「羅戟。」那少年嘴唇翕動，發出悲涼的一笑，道：「原來是他，我輸得並不丟人呀！」

千毒郎君不及再理會那少年，高聲叫道：「韻珠，韻珠。」

只聽得水聲嘩啦嘩啦響，自古井底傳上來。

千毒郎君看見井中黑黝黝的難見其底，又僅聞水聲不見人影，他大急之下，悲笑道：「韻珠，你這是何苦，要死也不能這樣死呀！韻珠，要死我們爺倆都死好了。」

仰天一陣淒厲刺耳的大笑，千毒郎君一躍而起，直往古井之中跳下去，眨眼間便沒了身形。

羅戟暗地一聲長嘆，望了望黑暗的天色，運集殘餘的力量，自地上站了起來，搖搖晃晃地走至古井旁邊。

只聽得水聲潺潺，他忙自地上尋著一條麻繩，綁在古井旁的石柱上，把那條極長的繩索拋落井底，他臉上浮現出一種難解的笑意，旋又倒在地上，登時暈了過去。

夜沉了，地面上刮起了呼呼的寒風……。

第十七章 金輪劍陣

春日的夜，清馨馥郁的香味，絲絲縷縷隨著柔和的晚風飄送出來……。

偶而一聲鶯啼，振展著雙翅，逡巡過這個廣大的山脈，在淡淡的月光映射下，留下了一個黑點。

那崑崙山玉柱峰前的一大片松林，松聲濤濤，樹枝上曲伏著許多夜鳥，壓得許多枝椏都低垂枝頭，月光斜映，遠遠看去更是黑壓壓的一片。

玉虛宮高大的麻石圍牆，仍然氣勢雄偉地聳立著，只是牆外增加一排銀網，上面繫穿著無數的小鈴，看起來好像是一大片琉璃燈似的。

雖然夜很深了，但在玉虛宮裡卻仍然燈光燦爛，宮中央的那座鐘樓，此刻也是高高地掛起了紅燈籠，顯然宮裡有什麼大事發生，所以要這般嚴密的戒備。

宮裡每一個角落都站著手持兵器、或拿著弓箭的弟子，他們徹夜不眠，往來巡邏山上的一動一靜。

這時在鐘樓上有兩個小沙彌，一個蹲在那裡在打盹，另一個則站著瞭望，他向宮外的山下觀望了一下，只見四周靜悄悄的沒有一絲動靜。

他坐下來，道：「清風，你不要專顧自己好吧，也得讓我歇歇啦！」

蹲踞的清風嗯了一聲，揉了揉眼睛，道：「青松師兄，喏，你不會自己找個地方歇著……。」

青松把眼一瞪，道：「師弟，你說得好輕鬆，等會兒萬一有事發生，你我都擔待不起。」

清風哈哈笑道：「師兄，我看你真嚇破膽子了，現在有神君在山上坐鎮，還有哪個不開眼的朋友敢來生事不成。」

青松搖頭道：「話不是這麼說，三君之首雖然威震天下，但天下還有二帝比他難纏，崑崙要想天下無事，除非是石砥中回來，以他和神君倆人之力，方能保住崑崙。」

清風沉默了一會，又道：「師兄，這幾天為什麼掌門人總是面帶憂悒之色，似乎有極大的心事……。」

青松笑道：「這個我也不太清楚，我偶而從師叔那裡聽到，說什麼天下將要大亂，崑崙要首當其衝。」

「唉，崑崙數年前自神君大鬧一場後，只不過才算安寧了幾年，想不到現在又要捲入江湖是非，上次有個石砥中……唉……這次我就不知道是誰能救崑崙了。」

正在這時，斜樓中的七絕神君忽然一聲大笑，道：「青松，你這小子又躲到哪裡去了？」

清風苦笑道：「師兄，你快去吧，這神君只對你有胃口，別人都應付不來，去晚了，小心他又發脾氣。」

青松疾步走下鐘樓，回首道：「師弟你小心點，有什麼事先要撞鐘……。」

樓中盤坐著一個銀髮飄飄，紅臉長眉，身穿褐色長袍的老者，在他面前擺著一個小香爐，爐中香煙繚繞，縷縷輕煙飄動，漸漸散入空中。

七絕神君坐在樓中，雙膝間放著一個古色古香的玉琴，他左手撫琴，五個手指緩緩挑動，但琴弦雖顫，卻沒有一絲音響發出來。

青松推門急入，忙恭立道：「神君有何吩咐？」

七絕神君哈哈一笑，道：「快給我拿些好酒好菜來，我肚子餓了！」

青松連忙道：「是！是！」

他趕忙在室中一拉小鈴，噹噹聲中，只聽樓下一陣雜亂的腳步聲傳了上來。

七絕神君冷冷大笑，道：「這裡景物依舊，只有擺設略有不同，嘿！小鈴一響便有人來，青松，這是專為我裝的了？」

青松躬身道：「是是！適才我忘了告訴神君。」說話之間，人影已現，只見兩個小沙彌提著酒菜而來。瞬息間已放在七絕神君面前的茶几上。

青松趕忙替七絕神君斟上一杯滿滿的酒，遞至他的手上。

七絕神君哈哈一笑，把他一拉，道：「青松，你也來一杯。」

青松驚悸地道：「弟子不善飲……。」

七絕神君把眼一瞪，道：「胡說，這麼大個人了還不會喝酒，你是否嫌我的酒量不好?來，來，來，我先乾兩杯。」

他順手抓過酒壺，靠在樓壁上，對著壺嘴便「咕嚕」喝了數口，他用袖子抹了抹嘴，把手中的酒杯一遞而去。

青松有些惶恐，他忙道：「弟子不敢。」

七絕神君撕了一根雞腿，咬了一口，瞪眼道：「有何不敢，本無那老禿驢敢說一句，我就打掉他的狗牙，你只管喝……。」

青松露出一絲苦笑，不得已斟滿一杯輕輕喝了一口，七絕神君看他那種拘束膽小的樣子，不由哈哈一笑。

他一揮手，道：「去，去，去，看了你就討厭。」

青松如獲大赦一般，躬身一禮，忙走下了樓，他正自感到輕鬆一些，鐘樓口的清風已叫道：「青松，快來！」

青松心中一震，頓知山上有警，他趕忙一長身形，往鐘樓上躍去，身形方穩。

清風叫道：「師兄，你看那條人影！」

青松藉著殘月的光亮，只見山腳下一條淡淡的黑影，恍如掣電騰雲，像幽靈般疾馳而來。

青松神色一變，急喝道：「撞鐘！」

清風正待動手敲鐘示警，倏然背後響起一絲級細的聲音，他駭然反顧，只見七絕神君面色冷峻地凝立靜望。

七絕神君冷冷地道：「不要傳警，這人是友是敵尚難弄清楚！」

說完，人影已杳，青松和清風愣立鐘樓之上。

淡淡月光灑下，崑崙山銀白一片，那人影驀地一聲長笑，身形如蒼鷹搏兔，一個大轉彎，往山崖上筆直而落。

倏地，山腰上一聲大喝道：「什麼人敢私闖崑崙禁地？」

只見從一塊巨石之後，魚貫走出四個持劍道士，身形晃處，朝那道人影撲去！

「哼！」

那人身形略移，避過四支來劍，驀地斜掌劈出，左足電疾地揚了出去！

「呃！」左邊那個年紀最輕的道人尚未看清楚來人是誰，胸口已結實地挨了一腳，慘叫一聲，往山下滾去。

其他三個道人一見大寒，紛紛運劍刺出，劍勢才使了一半，驀感生風襲雨，同時手臂一麻，三支寒光四射的冷劍忽然脫手而飛，落在那人手中。

那人傲然一笑，道：「沒用的東西。」

他運指在三支長劍上輕輕一彈，叮噹聲中，那三柄精鋼鑄造的長劍竟斷為數截，斜落地上。

這一手彈指神功直把這三個崑崙道人驚得面色蒼白，暗忖來人功夫奇高，崑崙大難來矣！

那人見自己輕鬆露了一手，便自震懾住場中三人，不由哈哈一聲狂笑，雙手一揮，便把那三個人揮落山崖，頓時，山底傳來臨死前的慘呼。

這夜行人身形毫不停留，就在拂落三個道人的同時，他已闖上玉柱峰，眨眼便到了玉虛宮前。

黑暗中，一聲暴喝：「看箭！」

霎時萬弓齊發，一排排箭雨，自四面八方朝那黑衣人通身電射而至，密密層層，像巨浪般層疊而來。

那黑衣人嘿地一笑，道：「無知小輩，這點東西還能難倒大爺。」

只見他低喝一聲，全身衣袍隆隆鼓起，通身真力運行一周，屹立地上，對著疾射而來的長箭視若無睹。

「咻咻咻！」

一蓬箭雨自八面風捲而來，眼看這人就要全身中箭，就在這電光石火的剎那，自那黑衣人嘴裡發出一聲大喝，雙掌電疾揮出——

「劈啪！」聲中，那人體內真氣運轉，雙掌護住面門，整個身子倒飛出數丈開外，右掌劃出一道大大的圓弧，擋在面孔的前面。

想不到他反應雖然極快，仍然身上中了幾隻箭矢，但那些箭矢才貼近他的衣裳，便自滑落地上。

那人哈哈一聲大笑，道：「本無，你還不快滾出來！」

他不知何時手上抓滿箭矢，隨著話聲，徒手往四周草叢之中擲射而去，那些正拉滿了弓弦的箭手，尚未來得及躲避，已倒地死了不少人。

×　×　×

面前。

「阿彌陀佛！」曇月大師低宣一聲佛號，自十丈之外傳來。空中一條黑影，恍如大龍翻騰，一連轉折了五個大弧，如飛箭離弦，射到面前。

他聲音微顫，枯澀地道：「啊！幽靈大帝……。」

此話一出，四周隱匿的崑崙高手齊都一陣騷動，紛紛不安地望著這個黑影，顯然來人的身分太高了。

西門熊嘿嘿一笑，道：「不錯，老夫正是西門熊。」

曇月大師白髯拂動，全身氣得直顫，他眼前泛起那些崑崙弟子慘死的形狀，他恍如又聽見劃破空寂的慘呼之聲，滿腔仇恨的烈火，衝激著他，使他幾乎不能自制。

他雙目倏睜，怒喝道：「西門熊，崑崙與幽靈宮有何怨隙，惹動閣下連傷我崑崙二十餘名弟子。」

西門熊自恃本領高強，何曾把曇月大師放在眼裡，他冷哼一聲，突然跨出一步，道：「這只能怪貴派夜郎自大，目中無人。」

曇月大師乍見幽靈大帝跨前，心中也自驚慌，不自覺地跟著退了一步，雙掌垂胸，以備不時之需。

他聞言怒叱一聲，冷笑道：「單單是為了這個嗎？」

西門熊一愣，道：「怎麼！你……。」

曇月大師冷嗤道：「恐怕主要的目的，是為了雁翎權杖的事吧！」

西門熊臉上一紅，忖思道：「曇月，曇月，曇月，不管你怎麼知道，老夫也要逼使崑崙屈服在幽靈宮之下。」

他嘿嘿一笑，道：「你既然知道，何須再問。老夫早已昭告天下，凡不服雁翎權杖者，必要盡誅於劍，你們崑崙明明知道這事的前因後果，為何還不派人來幽靈宮加盟？」

曇月氣得仰天一笑，怒道：「閣下狂得太過氣人，崑崙派雖然門綱不振，卻也無人會懾服在閣下的手掌下。」

西門熊冷然大笑，道：「好，好，老夫言盡於此，日出之前，老夫必率人血屠寶山。」

曇月大師大喝一聲，道：「西門熊，崑崙不是易與之人，你看——」

語音未落，倏地玉虛宮前燈火大亮，左右那兩條碎石階上，這時各凝立了十二個持劍道人，閃閃的劍光璀璨生輝，條條劍氣，直沖雲天。

西門熊見這二十四個弟子個個精神軒目，威武異常，也暗自心凜，神色間不由一愣。

他素聞崑崙有一套輕易不施的「金輪劍陣」，專為護山之用，看這情形，莫非曇月大師想要以劍陣困住自己……？

忖念未了，一個眉清目朗的少年緩緩走了出來，老禪師拍拍那少年肩頭，道：「墨羽，成敗全在你了。」

墨羽點點頭，走至那群道人之前，揚聲道：「是，弟子當竭盡全力為崑崙流盡最後一滴血。」

斜亮寒劍，高指穹空，喝道：

「日輪金輪，衛我崑崙！」

那二十四名道人刷地一聲，身形頓時分散開來，斜指劍尖，把西門熊困在中間，劍浪層疊，只聽他們同聲喝道：

「晨光天光，傲然自狂。」

喝聲一落，劍陣中的墨羽忽然把劍一揮，那二十四名掄劍道人，忽地身形一展，曲斜手中長劍，繞著西門熊遊走起來。

每走一步便有一股熱灼如浪的劍流，自那支支劍尖上顫動而出，劍氣條條，直逼西門熊身上，長袍點點隆起，恍如要把他的長衫撕裂開來。

西門熊神色一凜，連忙運起周身真力，雙掌傾斜，封住胸前，雙目視線立時轉向劍陣中的那個少年。

只見那墨羽雙目含華，長劍摟抱胸前，嘴唇翕動，似乎蹙眉暗語，那二十四名道人繞走一匝，墨羽的嘴唇便動了一下，似乎在默記什麼。

西門熊名列天下二帝之一，功力自已到達出神入化、超凡入聖之境，他一見這些道人身體緊貼，圈子愈縮愈小，而走時自然會揮起一股劍風，頓時明瞭這是怎麼一回事，暗中忙把全身真氣運轉了一周。

他看了一眼，喃喃地道：「陰陽交流，陰陽交流。」

哪知他呢喃未了，突地眼前白虹暴漲，冷森森的劍氣，直撲入鼻，輕嘯之聲，急銳無比地射將過來。

他再也不能思想任何問題了，在這電光石火的剎那，雙掌一引，一道勁急的掌幕陡然布出，護住他的身外。

但聽「嗤嗤」聲中，墨羽的劍刃跳高了二寸，他的身子向前欺近了一步，他那劍上發出的劍氣，擊在對方掌幕之上，把西門熊逼得一退。

西門熊陡覺手腕一顫，恍如遭到劍刃削過一般。

他心頭一震，趕忙低頭看了一下腕脈，哪知他心神渙散之際，那四周密布的劍氣忽然齊往自己身上湧來。

西門熊一見大寒，忙身形掠起，長嘯一聲，手掌一抖，周身全是片片掌影，而左手趁著右掌掄起之際，陡然發出一股浩瀚至極的沉猛掌力。

曇月大師在陣外看得真切，不由大凜，驚道：「五雷訣印！」

隆隆聲響，左方的八名道人疾然推出長劍，寒光泛顫，勁氣猛溢，劍掌幾乎交織成一個網幕。

「呃！」那八個道人恍如受了極重的內傷，慘哼一聲，身形竟往外面直蕩而去，劍陣之中立時露出一大塊缺口。

西門熊觀個真切，急忙乘勢又是一掌——

墨羽適才一招得手，心無旁騖，手腕一翻之際，長劍一抖，挽出一個劍花，白虹一頓之下，陡然貫切而下，顯然是要逼西門熊無機會再發出「五雷訣印」。

他眉端一開，雙目精光倏射，大喝道：「誓死衛陣，不可懈怠！」

西門熊右掌一轉，正要化招乘勢施出「五雷訣印」之際，哪知一個白色光圈閃爍之下，對方劍尖已經奇詭地封住了他的右臂。

他再也想不到崑崙會有如此奇詭的劍招，心頭竟然一顫，腳下移動之時，堪堪避過來劍。

但，那周圍的劍陣一合，霎時又無懈可擊。

西門熊氣得目眥欲裂，怒喝道：「小子，我要你的命！」

倏地一陣低沉的喝聲，好似要劃破他的耳鼓似的，自他耳邊響起，他那尚未後撤的右掌立時收了回來。

敢情他已覺察他身體四周，已有二十四支尖銳的劍刃對著他，此時，竟而隱然有燃燒的感覺在他心裡產生。

西門熊急促地喘了口氣，不及多想，體內真氣一分，左手反掌一拍，施出一手絕招，掌勁向外飛施，他一個迴旋在急驟的轉動裡，躍身直上。

但見一團黑影筆直地升高，直至四丈之上，方始一頓。

但是，隨著他的身勢，叮噹聲中，那二十四柄長劍陡然互相交擊，化為一道銀色光華，追著他的身子射去。

墨羽這時面色通紅，突然大喝道：「去！」

他手中那柄精光閃耀的長劍，隨著喝聲忽然脫手飛出，從那二十四柄長劍中穿射而去。

「咻咻咻！」那柄長劍似一條銀龍般在空中一振一轉，倏然電疾凌空飛至，在劍的尾芒中，那二十四支長劍往外一翻，像個蓮蓬般托著墨羽的長劍斜斜升空。

西門熊一見大駭，料不到這個劍陣怪詭奇異，竟如此大的威力，他大喝一聲道：「好劍陣！」

這時他身形騰空，不及落下，他忙腳下一蹬，斜斜往外跨出二丈，輕飄飄翻滾而去！

身形一翻之際，他的雙掌陡然拍出，一擊飛來之劍，一擊腳下的二十四道寒光，雙掌如飛，閃快劈出！

「嘶！」一聲輕響，他只覺右臂上一寒，那支墨羽的長劍擦過身際往外飛去，斜落地上。

西門熊這時反身落在陣外，氣咻咻地大喝一聲，連著拍出六掌之多，直往那些道人身上湧去。

在轟隆的洶湧氣勁裡，那些道人因為失去敵人影子不及回身，那股浩大至剛的沉猛掌勁已擊在他們的身上。

墨羽目眥欲裂，大喝道：「快散！」

「砰！砰！砰！」

慘嗥聲中，一連翻倒十六名弟子，全都擲劍折骨而死，在他們臉上浮現出恐怖之色，七孔溢血，順著嘴角汩汩流下。

崑崙的護山劍陣，轉眼之間散亂開來。

西門熊全身衣衫被劍刃劃得條條而裂，他低首一瞧自己這種慘然的樣子，不禁氣得引頸長笑不止——

他一收笑聲，怒道：「好，崑崙的劍法，我算領教了。」

語音甫落，他一眼瞥見墨羽自陣中歪歪斜斜地走了出來，他面色鐵青，黑髮披散開來，目中流露出失望之色，在他眼角之上並掛著兩滴清瑩的眼淚。

墨羽走至曇月大師身前，淒然道：「弟子替本門丟人，真是生不如死。」

曇月大師知道他這時的心情，忙道：「不要難過，你已經盡了力了。」

西門熊見這少年如此傷心淒涼，心中陡地掠過一絲愛才之念，他自忖道：「這少年這小就有這麼高的功力，比起奇兒要強得多了。」

忖念一了，他冷冷地道：「少年人，你認為輸在我手下而感覺丟人嗎？」

「是的。」墨羽冷冷地道：「我那一劍沒能殺了你，抱憾終生。」

西門熊一怔，旋即氣得大喝一聲，道：「小子，你真比我還狂……。」

語音未落，墨羽身子忽然往前一栽，張口吐出一口鮮血，頓時暈絕地上。

曇月一見大凜，怒喝道：「西門熊，你竟如此卑鄙……。」

他飛將過來，殺氣騰騰地一聲大喝，挽起袖子，照著西門熊身上斜斜攻出兩掌。

西門熊被逼得怒氣衝天，斜身一移，厲笑道：「你這有眼無珠的老禿驢，我今夜就是把崑崙拆為平地，你又能怎麼樣？」

他未等曇月大師的掌影遞近，雙掌忽然一交，推了出去，一股洶湧激蕩的勁氣澎湃湧出！」

「砰！」

曇月大師只覺雙臂發麻，全身恍如觸電一般，連退了五大步，方始拿樁穩住，但每退一步，腳印便陷入六寸之深，顯然他接這掌是極端吃力。

西門熊身形急晃上前，道：「老禿驢，再接我一掌試試！」

他冷笑一聲，手掌乍翻之際，一道渾厚無比的掌勁壓將而來，他暗中一駭，忙抖手往後甩出一掌。

「砰砰！」聲中，身後斜攻而來的兩個道人身子平飛而去，直往山澗中落去。

西門熊仰天一聲狂笑，道：「曇月，貴門弟子都是下流之輩……。」

「哼！」在西門熊背後突然傳來一聲冷峭的低哼，西門熊暗中一駭，顧不得曇月大師這個強敵，轉身之後，往前電撲躍去！

「錚錚錚！」西門熊只覺腦中嗡嗡直鳴，駭然之下，覺得這數聲琴韻來得神奇無比，竟能絲絲扣住他的心弦。

他一顫之下，驚道：「柴老鬼，原來是你！」

七絕神君恍如幽靈般，自山頂上，曳著袍角，踏著松枝飛馳過來，在他手下緊扣住一柄玉琴的古弦。

七絕神君哈哈大笑，道：「西門兄，神采依舊，威風不減當年，適才那手

『五雷訣印』已趨神化，本君佩服佩服——」

西門熊冷冷地道：「神君遠來崑崙，難道是要為這些禿驢賣命？」

七絕神君哈哈笑道：「不敢，不敢，西門兄武林盟主，本君天膽也不敢和大盟主作對。」

西門熊怒喝道：「那你來這裡做什麼？」

七絕神君面色一變，道：「西門兄能來的地方，難道本君就不能來嗎？看來西門兄是不把本君放在眼裡了，嘿……。」

西門熊冷冷地道：「老夫沒這多時間和你囉嗦。」

「西門兄要走未免太容易了吧！」七絕神君臉色一動，道：「你這樣一走，未免太殘忍了，這許多人命難道就這樣罷了？」

西門熊冷笑道：「你想留下我，嘿——天亮前我不回去，幽靈騎士便要血屠崑崙了。」

七絕神君斗篷一動，道：「走！山頂上見真章。」

西門熊仰天一聲厲笑，身形在地上一轉，隨著七絕神君往玉柱峰頂上馳去。

兩個身影在山林中，相繼而馳。

快如一陣輕煙，一閃而逝。

第十八章　崑崙劫難

玉柱峰頂終年積雪，在枯瘦的樹枝上，掛著片片雪花，反射出清麗的銀芒，使得晨初的燭焰顯得更柔和了。

雪白的山崖上，這時站著兩個相對的人影，兩人稍沾即走，各人臉上都是凝重異常，每出一掌都是那麼費力與遲緩，看來有如兒戲一般。

殊不知這正是兩個江湖頂尖高手的內力相拚，每一出手都有致人於死命的嚴重。

七絕神君大喝一聲，斜斜移出了一掌，西門熊低喝一聲，徐徐地運掌拂動了一下，兩人出掌都是緩慢異常，恍如極端的吃力。

曇月大師和本無禪師見倆人連連鬥了二百餘招，尚未分出勝負，直急得雙手緊搓，胸襟呈汗。

本無禪師低宣一聲佛號，急道：「這樣下去何時方了，魔劫，魔劫，本門不幸連遭血劫，神君雖然功力蓋世，但與西門熊相較，還是有一截之差，不知他尚能支持多久呢？」

曇月大師滿臉愁容，道：「掌門人，萬一神君不敵時，老夫拚了這把骨頭也要和幽靈大帝周旋到底。」

本無禪師嘆道：「我倆就是全加上去也不是西門熊的對手，況且我們也不能以三對一，除非……。」

曇月見掌門人神色有異，疑道：「掌門人，你有什麼事嗎？」

「唉！」本無禪師低嘆道：「我似乎預感石砥中會來，但那一線希望太渺茫了，不知現在他流落在何方呢？」

曇月雙掌一拍，道：「對，假如石砥中趕來，就不怕西門熊了。」

正在這時，玉虛宮那頭忽然傳來數聲慘厲的長嗥，本無禪師和曇月大師面色一變，身形陡然一震。

只聽西門熊哈哈大笑，道：「我的幽靈騎士到了。」

七絕神君額上汗珠滾落，攻勢已不如先前那般凌厲。

他怒笑一聲，沉猛地擊出一掌，道：「幽靈騎士算得了什麼？來來來，西門熊，有種你便使出『五雷訣印』來，我倆比比誰的道行高……。」

要知「五雷訣印」功夫最是消耗體力，西門熊已經折騰一夜，真力消耗過甚，他驟然遇上這麼一個江湖高手，也不敢隨便擊出護身神功，要留待緊急時才用。

正因為這樣，七絕神君才能和他打成平手，否則七絕神君定然無法超過五百招，便得落敗。

本無禪師一聽幽靈騎士，心中頓時產生一種莫名的恐懼，他唯恐宮中弟子死傷太多，急忙往山下奔去。

「曇月，你留在這裡，我去接迎來人。」

曇月大師目中含淚，道：「掌門，你要小心呀！」

本無禪師悲傷地低嘆一聲，施出崑崙心法，往玉虛宮電馳而去，眨眼來至宮前。

「掌門人！」靈水、靈土兩人滿身血污，倒提長劍電奔過來，身形未至，已先仆倒地上。

本無禪師一見自己宮中弟子死傷大半，簡直是目眥欲裂。

他面色鐵青，白髯飄拂，根根倒豎而起，仰天一聲厲笑，道：「人呢？」

靈水喘著氣道：「在宮中。」

本無禪師大喝一聲，一腳踢開身前的一塊巨石，立時裂成粉屑，揚散空中，空谷中盪起巨大的回音。

驀地裡，轟然一聲震天巨響，只見一個少年拉著一個少女，率領六個黑衣巨漢，風轉而來。

那少年一指本無禪師，道：「你大概就是崑崙掌門吧！」

本無禪師怒笑道：「不錯。」

「我爹在哪裡？」那少年大聲怒叱道：「快說！說晚了，我西門錡可要你的命。」

本無禪師見西門熊之子也這般目中無人，不禁氣得通身一顫，他怒極仰天一聲大笑，厲道：「小子，你少狂！」

這個佛門高僧因見崑崙山上血流成渠，不禁動了殺念，他大喝一聲，五指陡然飛出，一大片繽紛的掌影，挾著冷颼颼的寒風，奔向西門錡的面門。

西門錡心裡一冷，忙鬆了羅盈的手，腳下一滑，退出三尺，左掌疾然擋住面門，右掌斜劈而出，揚起一片掌影迎了上去。

「啪！」的一聲，雙掌交擊一起，西門錡突覺對方掌上湧起層層潛力，震得自己身子竟然站立不穩，只得退了半步。

本無禪師一掌得手，他身子一轉，順勢左掌翻出，拍向對方臉上……。

西門錡這時羞憤交集，他見漫天的掌影又輕飄飄地遞到面門，來勢竟然怪速絕倫，於是只得身子一沉，右手食指圈起，向外一彈——

本無禪師左掌拍出之際，眼見對方已經不及閃避，手掌眼見要拍到對方俊秀的臉上，突地見對方手指提起，圈指彈出之間，一縷尖銳的風聲，徑奔自己手腕的腕脈要穴，他心裡一凜，忙收掌而退。

西門錡得意地一聲大笑，道：「老禿驢，你把我爹藏到哪裡去了？」

本無禪師一語不發，只是怒視著對方臉上。

西門錡冷哼了一聲，突地拿出一只銀哨，目中含有詭異的神色，笑道：「你再不說，我可要幽靈騎士取你狗命了。」

說著便把那個銀哨輕輕地撮在嘴上，冷酷地望著本無禪師，顯而易見，他想以幽靈騎士威脅這位高人了。

羅盈這時忽地怒叱道：「你再以幽靈騎士殺人，我就不理你了。」

西門錡那種凶煞的樣子，不知怎地一見羅盈嗔怒生威，那股凶暴之氣忽地一斂，立刻換了一副笑盈盈的樣子，癡望這個少女。

他哈哈一笑，道：「你怕殺人！」

羅盈眸中閃動著幽怨至極的神色，面色冷漠異常，她冷冷地道：「我並不是怕殺人，實在是厭惡你操縱這些沒有人性的東西去傷人，你呀！永遠沒有石砥中那樣磊落的胸襟。」

西門錡一聽羅盈又提起石砥中，臉上立刻顯現忿然之色，他冷哼道：「又是石砥中，你把他看成神，我卻看他連狗都不如。」

羅盈花容一變，眸中含著淚水，怒道：「你敢罵他！」

只見她玉掌一抬，就要往西門錡臉上摑去，但她掌勢抬起又緩緩放了下來，只是低聲一嘆……。

西門錡見她忽然發怒，那種怒意未消、薄嗔的樣子又是另一樣美的表現，他心中一蕩，陪笑道：「你真美！」

羅盈怒哼了一聲，移轉臻首，望了本無禪師一眼，而本無禪師這時也正迷惑地瞧著她。

本無禪師低宣一聲佛號，道：「女檀越也認識石砥中？」

羅盈眼中一亮，欣然道：「是啊，大師莫非知道他的行蹤？」

本無禪師默然搖搖頭，他心中憂慮，本以為羅盈會告訴他石砥中的去處，哪知她倒反問了自己。

羅盈失望地啊了一聲，道：「原來你也不知道他到哪裡去了。」

西門錡見羅盈忽然和本無禪師攀上交情來了，目中立時閃動一縷凶色，他一拉羅盈的手，道：「誰叫你和他說話。」

「要你管！」羅盈怒氣衝衝地道：「我又不是你什麼人，你憑什麼管我？」

西門錡氣得一呆，狠命地往地上擊了一掌，泥花飛濺，地上立刻陷出了一個大坑，羅盈秀眉上挑，負氣地往山下行去。

倏地，自玉柱峰頂飄下來一聲鏗鏘的琴韻，只見大地搖晃，山上草木搖晃，震得松枝林葉簌簌掉落地上，飄舞在半空之中。

羅盈心神一震，回首道：「大師，山頂上是誰在撫琴？」

本無禪師不敢謊言，囁嚅地道：「是七絕神君和西門熊在玉柱峰頂拚鬥，他倆已經鬥了不少時候了，唉！」

西門錡一聽爹爹在玉柱峰上，登時大喜，趕忙握住羅盈的手，吹了一聲口哨，往山頂上奔去，而那六個目光渙散的黑衣大漢也緊緊隨在他的身後追去。

本無禪師這時竟然不知阻擋他們離去，他目光散亂，恍如大病未癒似的，歪歪斜斜地走了幾步，忽然像記起什麼似的，急忙高聲叫道：「姑娘你回來，那琴韻會傷人的……。」

靈水和靈土站起身來，一見掌門人這種失魂落魄的樣子，同時大驚，駭問道：「掌門，你怎麼啦？」

本無禪師搖搖手，虛弱地道：「沒什麼，我只感到全身無力，好像老了許多年……。」

他哪知因眼見門中弟子死傷慘重，血染崑崙，傷心之下，真氣逆轉，又被七絕神君琴韻暗傷，真氣無法回歸丹田，這正是走火入魔的現象。

靈土搖著頭道：「不會呀，掌門人功力高絕，又習得是正宗神功，怎會在一瞬間就病了，莫非掌門人暗疾發作……。」

本無禪師淒然道：「胡說，我歇歇就好了。」

此時，山下忽然傳來了一聲清越的馬嘶，本無禪師精神一振，極目眺望，一道紅影恍如紅光一閃，電掣而來。

靈水、靈土同時看到一個軒眉劍目的英風少年端坐馬上，那熟悉的輪廓，赤紅的汗血馬，不正是石砥中特有的標幟嗎？

靈水歡呼道：「掌門，石砥中回山了。」

「石砥中回山了。」

本無禪師身子恍如觸電般地一震，那逸散的目光這時竟然漸漸凝聚起來，他低啊了一聲，倉皇地往前迎去。

×　×　×

石砥中策馬如飛，遠遠地他已看到本無禪師了。

一路行來，他看見滿地屍首，心中正自酸楚，本無禪師迎來，石砥中不禁歡呼一聲，飄身下馬。

當他一眼瞥見本無禪師那種無神的樣子時，石砥中心中陡然往下一沉，緊握住本無禪師的手，道：「掌門人，你好！」

本無禪師身軀泛起微微抖顫，低嘆道：「你終於回來了，盼望你回山已不止一天了，可惜你來晚一步，否則山上不會遭到這場凶災……。」

顯然這個老禪師把石砥中看為神人，石砥中心中一陣難過，目中閃動著淚光，他自責地道：「都是我不好，路上耽擱了不少時日，掌門人，你放心，我會替宮中弟子報仇的，哼，西門熊那個老傢伙——」

「你都知道了。」本無禪師雙目泛淚，道：「西門熊還在山頂上和七絕神君大戰呢！」

石砥中目中立刻閃過一絲仇恨的烈火，長笑一聲，身子倏然而起，他拉著本無禪師，道：「走，我們報仇去！」

哪知本無禪師全身一顫，身軀忽然萎頓下去。

石砥中不覺大吃一驚，忙跳落地上，道：「掌門人，你怎麼啦？」

本無禪師搖搖頭，道：「我也不知怎麼一回事，身體突然覺得有些不對勁。」

石砥中暗中一駭，腦際頓時陷於沉思之中。

他想一個練武人斷不會突然生起病來，否則必是受了極重的內傷，他左右一想，忙伸掌抵住本無禪師的「命門穴」上。

石砥中只覺本無禪師體內真氣流竄，倒流入經脈之中，真力凝而不聚，慢慢地往外散去，他驚道：「走火入魔，走火入魔！」

他不敢怠慢，立時憂心如焚，忙不迭疾點本無禪師的七十二穴，倒鎖十二經脈，他驀然憶起「將軍紀事」中的「瑜珈療傷術」，忙把真訣傳授給本無禪師。

本無禪師感激地一笑，運起了「瑜珈術」暗自提聚真力，靈臺淨明，達於無人無我之境界。

石砥中自地上拾起十二個小石頭，在本無禪師四周擺出一個陣勢，又在靈水、靈土的耳邊說了幾句話，便飄往玉柱峰頂飛去。

他方走近頂崖上，便見幽靈大帝西門熊和西門錡等端坐在地上調息，而羅盈正焦急地望著打鬥之人。

他又望見曇月大師嘴角溢血，跌坐在地上，而七絕神君氣喘吁吁地正拚著真力和六個幽靈騎士動手，雙方打得甚是劇烈，七絕神君已有不支的現象。

七絕神君身上衣衫凌亂，道袍上被劍刃削得條條而碎，他此刻只有招架之功，沒有回手之力，直氣得他在陣中大罵道：「西門熊，你這龜孫子，有本事和本君再戰上一千回合，以這些死玩藝來，本君實在難忍這一口氣。」

西門熊驀地睜目，嘿嘿笑道：「柴老兒，你打敗他們再跟我打不遲。」

石砥中愈看愈怒，正待發作，西門熊也已發現他上來了。

西門熊心中一顫，道：「石砥中，你也來了。」

石砥中目泛血絲，怒道：「我來取你的狗命。」

西門熊心中一震，腦中電閃忖道：「此刻我體內真力和七絕神君拚鬥時已將耗盡，若再和這小子動上手，準敗無疑……。」

西門熊老奸巨猾，形勢分明，他嘿嘿笑道：「石砥中，我倆先都別急，等那柴老兒送終之時，我請你試試幽靈騎士的滋味如何？」

羅盈見石砥中來了，她眸中淚光隱然，肚子裡似乎有許多話要說，薄唇微啟，顫聲叫道：「砥中。」

正在此時，石砥中突然大喝一聲，晃身而上。

但見他身形美妙地轉了兩匝，然後直瀉而下，掌影重疊，有如夜空流星似的，落向幽靈騎士的身上。

他來勢如電，飛身竟達七丈之外，聲勢驚人之至，是以場中各人都嚇得一愣，想不到他會有這樣高的功力。

七絕神君正感壓力奇重，突見石砥中自天而降，不由大喜，抽空把手中玉琴的琴弦撥弄一下，錚的一聲響起，那些靈騎士身形竟全都一緩。轟隆一聲巨響，石砥中的浩瀚至極的奇強掌勁，擊得兩個幽靈騎士往外翻去，跌在數丈之外。

但那兩個幽靈騎士馬上又如閃電般地撲過來，其勢如電，恍如不曾受傷一般，看得場中各人俱是一愣。

石砥中正感到奇惑之際，曇月大師暴喝道：「砥中，接劍。」

一縷白光挾著一縷輕銳的聲響，從曇月大師的手中脫手飛來。

請續看《大漢鵬城》5 劍氣沖天

風雲武俠經典

大漠鵬城【四】狂沙萬里

作者：蕭瑟
發行人：陳曉林
出版所：風雲時代出版股份有限公司
地址：10576台北市民生東路五段178號7樓之3
電話：(02) 2756-0949
傳真：(02) 2765-3799
執行主編：朱墨菲
美術設計：許惠芳
業務總監：張瑋鳳

出版日期：2025年8月
版權授權：蕭瑟
ISBN：978-626-7695-05-0
風雲書網：http://www.eastbooks.com.tw
官方部落格：http://eastbooks.pixnet.net/blog
Facebook：http://www.facebook.com/h7560949
E-mail：h7560949@ms15.hinet.net
劃撥帳號：12043291
戶名：風雲時代出版股份有限公司

風雲發行所：33373桃園市龜山區公西村2鄰復興街304巷96號
電話：(03) 318-1378
傳真：(03) 318-1378
法律顧問：永然法律事務所 李永然律師
北辰著作權事務所 蕭雄淋律師

行政院新聞局局版台業字第3595號 營利事業統一編號22759935

定價：340元

國家圖書館出版品預行編目資料

大漠鵬城／蕭瑟 著. -- 初版. -- 臺北市：風雲時代出版股份有限公司, 2025.07
冊； 公分

ISBN 978-626-7695-05-0 (第4冊：平裝). --

863.57 114003702